講談社文庫

魔食 味見方同心(二)

料亭駕籠《かご》は江戸の駅弁

風野真知雄

講談社

目次

主な登場人物

月浦《つきうら》魚之進《うおのしん》　頼りないが、気の優しい性格。将来が期待されながら何者かに殺された兄・波之進《なみのしん》の跡を継ぎ、味見方同心となる。

おのぶ　八州廻《はっしゅうまわ》り同心・犬飼小源太《いぬかいこげんた》の娘。柔術と薙刀《なぎなた》の免許皆伝。魚之進に嫁いでからは事件の解明に積極的に関わるようになった。

本田《ほんだ》伝八《でんぱち》　魚之進と同じ八丁堀《はっちょうぼり》育ち。魚之進の推薦で、養生所見回りから味見方同心に。学問所や剣術道場にもいっしょに通った親友。

中野《なかの》石翁《せきおう》　大名が挨拶に行くほどの陰の実力者。将軍家斉《いえなり》の信も篤い旗本。

筒井《つつい》和泉守《いずみのかみ》　南町奉行。波之進の跡継ぎとして魚之進を味見方に任命。

安西《あんざい》佐々右衛門《さざえもん》　市中見回り方与力。魚之進の上役。

深海《ふかうみ》慶三郎《けいざぶろう》　久留米《くるめ》藩の江戸詰め重役。魔食会《ましょくかい》のメンバー。

麻次《あさじ》　四谷《よつや》辺りが縄張りの、魚之進が使う岡っ引き。猫好き。

魔食　味見方同心㈡

料亭駕籠《かご》は江戸の駅弁

第一話　どっぷり汁

一

南町《みなみまち》奉行所味見方同心《あじみかたどうしん》の月浦魚之進《つきうらうおのしん》は、八丁堀《はっちょうぼり》の役宅で、父の壮右衛門《そうえもん》と向かい合って朝飯を食べていた。おかずは、あぶらげを焼いたのと、おからと、豆腐の味噌汁。まさに大豆一色である。

二人ともなにも話さず、黙々と食べつづけている。味けなくて、飯を食っているのか、お経《きよう》を読んでいるのか、わからないくらいである。

「さて、奉行所に行くか」

ひとりごちて、役宅を出る。

「行ってらっしゃい」

という声もない。

やっぱり、おのぶが朝飯をつくって送り出してくれる日々は夢だったのか。どうりで幸せ過ぎたわけである。

「あーあ、夢だったのかあ」

魚之進は、声に出して言った。

するとと、わきから、

「どんな夢だったの？」

と、訊《き》いてきた。

「え？」

ゆっくり目を開けると、枕元におのぶがいた。

「夢見てたんでしょ？　どんな夢だったの？」

「あ、いや、まあ」

嬉しくて、ついにんまりしてしまう。

「あら、厭《いや》らしい夢だったのね」

「そうじゃなくて……」

「でも、夢の話を聞いている暇はないの。早くしないと遅れるよ、魚之進さん」

「ほんとだ」

飛び起きて、急いで顔を洗い、居間に入ると、お膳にはうなぎの蒲焼きが載っているではないか。

「えっ、朝からうなぎかい？」

大豆一色の味けなさとは、なんという違いだろう。葬式の翌日がお祭りみたいな感じである。

「昨日、あたしが釣り上げたんだけど、捌《さば》く暇《ひま》がなかったので、今朝、早起きして焼き上げたの。夜のほうがいいかもしれないけど、魚之進さんは遅くならないとも限らないでしょ」

「いやあ、ありがたくいただくよ」

おのぶのつくる飯は、じつに面白い。

お静《しず》のつくるおかずもおいしかったが、どれも定番の献立だった。だが、おのぶがつくるおかずは、味こそお静に敵《かな》わないが、驚きがある。なにが出てくるかわからない楽しみもある。ときどきびっくりするほど変な味がするときもあるが、割合でいえば、うまいほうが多い。

うなぎも、うなぎ屋で食べるものほど、ふっくらはしていないが、脂《あぶら》が乗っていて、じつにうまい。

先に食べ終えた父の壮右衛門がそっと、

「お前はいい嫁をもらったぞ」

と、囁《ささや》いて、自分の部屋に引き上げて行った。

にんまりしながら、奉行所に向かった。

いささか北風が強いが、寒さは感じない。おのぶが嫁に来てくれてから、足取りは明らかに軽くなっている。

先輩の赤塚《あかつか》からは、「お前、最近、姿勢がいいな」と、感心された。前は、「猫が風邪《かぜ》引いたみたいな恰好《かっこう》で座っているんじゃねえ」と、よく言われていた。

それも、おのぶのおかげだと思う。

——ひさしぶりに一句つくろう。

そう思って、歩きながら句作にふけり、奉行所に入る直前に、なんとか一つできた。

どっぷりと朝寝にひたるのもよしか

句のほうは、ちょっと猫背気味になってしまったらしい。

二

「おう、待ってたぞ」

魚之進が同心部屋に入るとすぐ、先輩の赤塚専十郎《せんじゅうろう》が言った。

「あ、遅刻ですか？」

「そうじゃねえ。味見方の出番で、本田《ほんだ》かお前か、先に来たほうを連れて行こうと思ってたのさ」

「はあ」

「ほら、行くぞ」

来たばかりなのに、外に連れ出された。向こうから同僚の本田伝八《でんぱち》が来るのが見えたが、いまさら交代するわけにはいかない。

「なにか起きたんですか？」

歩きながら魚之進は訊いた。

「ああ、おいらが何度か面倒を見てやった、尾張町《おわりちょう》の〈武蔵野屋《むさしのや》〉って、金物《かなもの》問屋なんだけどな、そこのあるじの喜与右衛門《きよえもん》が出先で亡くなって、駕籠《かご》で運ばれて来たんだけど、なんだか身体が脂でべたべたして、変な臭いがしているらしいのさ。それで、毒でも飲まされたんじゃないかというわけだよ」

「それなら、おいらより市川《いちかわ》さんに見てもらうほうがいいんじゃないですか？」

市川一角《いっかく》は、五十を過ぎた長老格の定町回《じょうまちまわ》りの同心だが、いまはほとんど検死役専門になっている。

「それが変な臭いというのは、食いものの臭いなんだと。しかも市川さんは、ここんとこ風邪で鼻づまりがひどいらしいんだ」

「そうですか」

であれば、魚之進がやるしかないが、相変わらず遺体を見るのは苦手である。

尾張町の武蔵野屋に着いた。けっこうな大店《おおだな》で、間口《まぐち》は十間《けん》（およそ十八メートル）。店先から奥まで、さまざまな種類の金物が並べられている。

しかも、なにごともなかったように、商いをしているではないか。

「こんなときも商売するのか？」

赤塚が番頭に呆《あき》れ顔で訊いた。

「それが遺言でして。わたしになにがあっても、商いはつづけろと」

「だったら、しょうがねえか」

表から入って、手代《てだい》に案内されながら奥に向かった。ようやく線香の匂いがして、それらしい雰囲気が感じられる。

すでに早桶《はやおけ》が安置されている。

わきに喪服姿の、四十くらいのきれいな女が座っていて、

「こっちがご妻女だ」

赤塚に紹介され、

「御愁傷《ごしゆうしよう》さまです」

と、魚之進は型通りに頭を下げた。女将《おかみ》さんとは言わなかったので、表にはいっさい出ていなかったのかもしれない。

「町方の同心さまで？」

妻女は、赤塚に不思議そうに訊いた。定町回りおなじみの黒羽織に着流しという恰好ではないからだろう。

「うん。月浦は、味見方といって、隠密《おんみつ》同心なので、できるだけ目立たない恰好をしてるんだよ」

「そうなのですね」

魚之進は、妻女がうなずくのを見て、

「ご亭主は、どこで亡くなったので？」

と、訊いた。

「わからないんです。駕籠屋が運んで来て、介抱しているあいだに、駕籠屋はいなくなってしまったので」

と、妻女は言った。

まだ坊さんは来ておらず、

「いまのうちにご遺体を拝見します」

と、蓋《ふた》を開け、鼻を近づけた。

「うえっ」

魚之進は、強烈な臭いに思わず、のけぞった。

いまは、晩秋である。遺体の腐敗はそう速くはないはずだが、この強烈な臭いはなんなのだろう。

これがお膳なら、ひっくり返したいところだが、これは早桶だし、仕事なのだ。臭いを手がかりに、謎を明らかにしなければならない。魚之進は、

「ふう」

と、大きく深呼吸したあと、顔を近づけ、少しだけ臭いを鼻に入れた。

「ぷはっ、ぷはっ」

ふたたび、のけぞって、吐き気を我慢する。

そんな魚之進のようすに、周囲の者は皆、いつの間にか遠ざかっている。赤塚まで、部屋の外へ避難したではないか。

吐き気が消えるのを待ち、魚之進はいまの臭いを振り返ってみた。

確かに遺体とは別の、変な臭いがした。だが、腐敗臭ではない。ちゃんと食べられる臭いである。

——肉を煮込んだ臭い？

と、思った。

次に、かなり硬直している腕を取り、無理やり早桶の外に出すようにして、二の腕の臭いを嗅《か》いだ。いちおう身体は清めたのだろうが、それでもかなりべとべとして、臭いもある。

身体全体から臭っているのだ。ニンニクのような、匂いの強烈なものを食べ過ぎると、身体から臭うことはあるが、これほどにはならない。

「月浦。なにかわかったか？」

赤塚が遠くから訊いてきた。

「ええ。たぶん、肉の臭いだと思います」

「肉？」

「豚じゃないと思います。熊でも、鹿でもなく、たぶん牛」

「牛の肉か」

赤塚は顔をしかめた。

「こちらで、牛の肉を食べることは？」

魚之進は、妻女に訊いた。

「滅相《めっそう》もない」

妻女は、そんな汚らわしいものはと言いたげに、首をぶるぶると横に振った。

「ちょっと、胸や背中も見せてもらいます」

「べたべたしてますよ。ざっとは拭いたのですが。もともと脂っぽい身体だったので、死んでからじとじと滲《し》み出てきたのかもしれません」

それじゃあ、塩をかけられたなめくじでしょうよ、と言いたかったが、

「そういうことはないと思いますよ」

と、節度ある返事をした。死に装束を緩めるようにして、胸や背中を確かめる。たしかにべたべたしているが、身体に傷もない。肌に斑点《はんてん》らしきものも出ていない。

「毒かと思われたわけは？」

魚之進は、妻女に訊いた。

「腹を押したら、なにか吐きました」

「どういうものでした？」

「気味が悪いので、すぐに拭いてしまったのです」

それが残っていたら、大きな手掛かりになったはずだが、もうどうしようもない。

赤塚がようやく近づいて来て、

「どうだ、月浦？」

と、機嫌でも取るような調子で訊いた。

「毒ではないと思いますが、ふつうの死に方ではありません。詳しく探ったほうがいいと思いました」

魚之進はそう答えた。

三

となると、まずは武蔵野屋喜与右衛門がどこで亡くなったのかを調べなければならない。

「どこに行くとかは、まったく告げずに出かけたのですか？」

と、魚之進は妻女に訊いた。

「はい。いつものことですので」

「では、なんというか、女の人が大勢いるようなところには？」

「吉原《よしわら》のことですか？」

「いや、まあ、吉原には限らず」

「そういうところには、まったく行ってないと思います。うちの人は、色好みはまったくと言っていいほど薄く、もっぱら食い道楽でしたから」

妻女がそう言うと、

「若いころからですか？」

と、赤塚がわきから訊いた。

「ええ、あたしはしばらくのあいだは疑っていたんですが、ほんとに嘘ではなかったです」

かつてはたいした美人だったと思われる妻女は、つまらなそうに言った。

と、そこへ番頭らしき男が来て、妻女になにか耳打ちすると、

「ちょっと失礼します」

そう言って席を外した。

すると赤塚が、

「この旦那、相当、弱かったみたいだな」

と、小声で面白そうに言った。

「はあ？」

「ご妻女は、もうちょっと強いほうがよかったと言いたげだったろうが」

「なるほど」

「おめえも頑張らねえと駄目だぞ」

「…………」

こんなとき、そういう説教をされるとは思わなかった。

そこへ妻女がもどって来たので、

「ご主人は、どんなものが好きでした？」

と、訊いた。

「とにかく、食べたことがないものは、なんでも食べたがりました。ゲテモノなども
ずいぶん食べたと思います」

「ゲテモノ？」

「山椒魚《さんしょううお》とか、ホヤとか」

「ははあ」

「ヘビも食べたと自慢していたこともあります」

「それはそれは」

「四つ足もぜんぶ食べているはずです」

「ぜんぶ？」

「犬や猫はもちろん食べたと思います。だから、あたしは犬も猫も大好きだったんですが、飼えなかったんです。うちの人に食べられてしまいそうで」

「なるほど」

もしかして、魔食会に入っていたのではないか？

「ご亭主から、魔食会という言葉を聞いたことはないですか？」

「魔食会？」

「やはり、変わったものを食べる人たちの集まりなのですが」

「一度、いっしょに変な料理屋に行って、あたしがさんざん文句を言ってから、食べものについては、なにも話さなくなったんですよ」

「番頭さんとかはどうですかね？」

「同じだと思いますよ。皆、旦那といっしょに行くと、なにを食わされるかわからないと、嫌がっていますから」

「そうなんですか」

食い道楽も極端になると、周囲の者は離れていくのだろう。

坊さんがやって来て、ばたばたとお通夜の支度が始まったところで、魚之進はいったん退散することにした。赤塚にはここにもう少しいて、お通夜に来る者から話を聞いておいてもらうように頼んでおいた。


いったん奉行所にもどると、魚之進は奉行の筒井《つつい》和泉守《いずみのかみ》の部屋を訪ねた。

尾張町の武蔵野屋の変死について調べることになったと告げたあと、

「もしかしたら、魔食会のお仲間ではないかと思うのですが？」

と、訊いた。

「武蔵野屋？」

「はい。尾張町の武蔵野屋喜与右衛門です」

「どれどれ」

と、筒井は名簿を見た。魚之進には見せてくれない。仲間以外には見せないことになっているという。

「いるな」

「やっぱり」

「食ったものが原因で死んだのか？」

「それはまだ、わからないのですが」

「だとしたら、魔食会のほうから、回覧が来るはずだがな」

「そうですか」

「いくら魔食会でも、命の危険があるものは避けねばならぬからな」

「最近、魔食会の集まりは？」

「ないな。いちおう、毎月一日に集まることになっているのだが」

今日は二十日なので、昨日、武蔵野屋が出かけて行ったのは、魔食会の集まりではなかったことになる。

「ただ、魔食会の会員は、それぞれに魔食を探求するので、武蔵野屋も一人で食べに行ったのだろう」

「一人でですか？」

「もっとも、親しい仲間といっしょに行っても不思議はないがな」

「親しくしている者は？」

「わしもまだ入ったばかりだから、そのへんのことはあまり知らぬが、〈江戸川屋《えどがわや》〉というのが銀座《ぎんざ》二丁目だから、すぐ近所だろう。親しくしていたかもしれぬな」

「では、江戸川屋を訪ねてみます」

魚之進は、礼を言って退出した。

四

銀座二丁目の江戸川屋には、奉行所前の広場で待機していた岡っ引きの麻次《あさじ》とともに訪ねることにした。

道々、武蔵野屋の死因について調べ始めたことなどを手短に伝えると、

「じゃあ、魔食のせいで、変な死に方をしたのかもしれませんね」

と、麻次は言った。

「そうなんだよ。魔食会自体は、お奉行さまも入っているくらいだから、悪事とは関係ないのだろうが、なんかいろいろ面倒ごとが起きそうだよな」

「美食ではなくて、魔食ですからね」

江戸川屋は、塗《ぬ》り物問屋で、やはり間口十間近い大店だった。金物問屋の武蔵野屋も、金物で店先がぴかぴかしていたが、こっちは塗り物の漆《うるし》や金泥《きんでい》の上品な黒光りが眩《まぶ》しいくらいだった。

「あるじはいるかい？」

麻次が十手をちらつかせて、番頭に訊いた。

「はい。いま、呼んで参ります。今朝はちっと具合が良くないみたいで」

と、言い訳して、二階に呼びに行った。

まもなく降りて来ると、

「さあ、どうぞ、こちらに」

店の裏の客間に通された。

「昨夜は吉原でふざけ過ぎたみたいで、頭が痛くて、相済みません」

こっちは、色のほうの欲もあるらしい。さらに、救われたいという望みも強いらしく、部屋のなかには、さまざまな神仏の像が飾られている。こうなると、願いというより、欲望と言ったほうがいいのではないか。

こちらもよく肥《こ》えている。お奉行も、そのうちこんなふうになるのではと、心配になるが、でも、同じ魔食会の仲間である久留米《くるめ》藩の深海慶三郎《ふかうみけいざぶろう》は、固太りだが、ぶよぶよと肥えてはいなかった。

「武蔵野屋は知ってるよな？」

と、魚之進が訊いた。

「もちろんです。亡くなったそうですね？」

「ああ、もう聞いたかい？」

「さっき、手代から聞きました。いまから、弔問《ちょうもん》に行くところです」

「その前に話を訊きたいんだ。あんたたちは、よく連れ立って、うまいものを食いに行っていたそうじゃないか？」

「ああ、よくご存じで」

奉行から魔食会のことを聞いたとは、もちろん言わない。

「武蔵野屋は、なにか変なものを食っていて、死んでしまったみたいなんだ」

「毒かなにかで？」

「いや、毒ではないみたいなんだが」

「フグじゃないでしょう？」

「どうも肉を食ったみたいなんだ」

「肉ですか。確かに武蔵野屋さんは、肉は好きでしたよ。とくに、熊の肉は大好きでしたね」

「熊の肉？　毒はないよな？」

「ないですよ。むしろ、薬になるくらいで」

「毒のある肉はあるかい？」

「毒のある肉ってえのは知りませんね」

「マムシは？」

「あれは、噛まれると毒が回りますが、食う分には毒じゃないでしょう」

「近ごろ、いっしょに行く予定だった店は？」

「そういえば、二、三日前にどっぷり汁というものを食いに行かないかと誘われました。あたしは吉原に行く約束があったので、誘いを断わったのですが」

「どっぷり汁？　どんな食べものなんだ？」

「あたしも知りません」

「場所とかも？」

「なにも言ってなかったですね」

それ以上のことはわからなかったが、どっぷり汁というのは、大きな手掛かりである。

江戸川屋を出ると、

「味見師なら知ってるかな？」

と、魚之進は言った。

「ああ、文吉《ぶんきち》ですね。訪ねてみますか」

味見師の文吉は、魚河岸《うおがし》の近くに住んで、食べものの番付をつくっている。当然、江戸の食いものには精通している。

猫の住まいかと思うくらい小さな家の戸を開けると、

「これは月浦さまに、にゃんこの親分」

いかにも滋養たっぷりの、文吉の丸顔がほころんだ。

「いまは、どんな番付をつくってるんだい？」

「稲荷《いなり》寿司の番付です」

「ああ、流行ってるよなあ」

稲荷寿司とも、篠田《しのだ》寿司とも言われるが、甘辛く煮たあぶらげに、酢飯を入れるのはいっしょである。最初につくられたのは、名古屋だとか、江戸の稲荷屋だとか、いろんなことを言われているが、いま江戸で大流行している。元祖を名乗るところもないので、魚之進は田舎《いなか》でつくられ始めたのかもしれないと思っている。

「そうなんですよ。あっしも多過ぎて、まだ食べてねえところも多いし、夜にだけやってる屋台の店もあったりするので大変なんですがね。ただ、番付をつくってくれという声も多いんで、期待に応えようと思いまして」

「うん。できたら、おいらもぜひ買いたいよ」

「ところで、今日は？」

「どっぷり汁というのを知ってるかい？」

「どっぷり汁？」

「聞いたことないかい？」

「どういうものなんで？」

「わからないんだ。名前を聞いただけで。ただ、もしかしたら、肉を煮込んだ汁かもしれないな」

「いやあ、初めて聞きました。どん兵衛《べえ》汁というのは、知ってましたが」

「どん兵衛汁？　どういうんだい？」

「なあに、おやじの名前がどん兵衛というのでつけた名前なんですが、イワシのすり身が入った汁でして。でも、おやじが亡くなって、いまはやってませんよ」

「それは違うな」

「すみませんね、不勉強で」

文吉は、悔しそうに言った。

「そんなことはない。もうちょっと訊き込んでみるよ」

そう言って、文吉のところを出た。


肉のことなら、両国《りょうごく》のももんじ屋にも訊いてみるべきだろう。

両国橋を渡って、ちょっとだけ右に行くと、軒下に猪《いのしし》がぶら下がっているのが見えてきた。近ごろ、江戸では獣肉を食わせるももんじ屋が、いくつかできているが、ここは元々が薬屋で、薬として獣肉を食わせていたので、安心して食べることができるのだ。

「おや、月浦さま」

顔なじみのあるじが笑顔を見せた。

「しばらくだったな」

「お聞きしましたよ。あの勇ましいお嬢さまをおもらいになられたそうで」

「そうなんだよ」

「よくぞ、選ばれましたな」

「よくぞ？」

「これからの女は、あれくらい逞《たくま》しくないとね。なんせ、男がひ弱になってきてますから」

「なるほどね。それより、どっぷり汁って料理を知らないかい？」

「どぶ汁じゃなくて？」

「どぶ汁はアンコウだろ。肉、それも牛の肉を使っているはずなんだ」

「牛のどこらへんを？」

「それもわからないんだ」

「名前からすると、牛の丸煮ですかね？」

「そんなの、あるんだ？」

「いや、ないでしょう」

「だよな」

牛を丸ごと入れられる鍋や釜は、まずないだろう。

「すみません。お役に立てなくて」

「いいんだ。気にしないでくれ」

帰ろうとすると、

「ちょっと待ってください。ご妻女におみやげを」

と、あるじは奥の調理場に入ろうとする。

「いいよ、いいよ。まだ仕事があるんだから」

肉などもらうと、獣臭くて、行く先々で変な顔をされるかもしれない。

おやじも、魚之進の心配は察したらしく、

「大丈夫です。油紙に何重にも包みますから。いえ、牛の臓物なんですよ。入ったばかりの新鮮なやつです。どうせ、近ごろは臓物のうまさをわかる客がいなくて、捨てちまうことになるんですから。舌と尻尾《しっぽ》も入れときます」

無理やり持たされた。

五

それから京橋比丘尼橋《きょうばしびくに》近くのももんじ屋と、麹町《こうじまち》のももんじ屋でも、どっぷり汁のことを訊いてみたが、結局、わからずじまいだった。

つづきは明日ということで、麻次とは麴町で別れると、そのまま八丁堀の役宅にもどって来た。

「これ、両国のももんじ屋から、土産《みやげ》だよ」

包みをおのぶに渡すと、

「お肉？」

「臓物だって」

これがお静だったら、見る前から貧血を起こすだろうが、おのぶはまったく平気である。

「あら、いいわね。臓物は煮込むと凄くおいしくなるじゃない」

「舌も尻尾もあるって」

「どっちも滅茶苦茶おいしいよ」

「そうなんだけどさ」

やや、見た目に問題がある。

「大丈夫。あたしがうまく料理するから」

「そうか、だったらいいけど」

「さっき、本田さんと会ったよ」

「そうなの」

「なんか、元気なかったよ。仕事でしくじったの？」

「いや、仕事はよくやってるよ」

この前、本田が提出した砂糖の扱い高についての報告書には、お奉行も感心して、お褒《ほ》めの言葉をもらったくらいなのだ。

「じゃあ、なんで？」

「また、振られたんじゃないのか」

「まずいね」

「ここんとこ、自分でも嫁をもらわないと、おれは駄目になるって言ってるからなあ。誰かいい人はいないものかね？」

「だって、本田さん、めちゃくちゃ面食いなんだよ」

「そうなんだよなあ」

「あれは難しいよ」

おやじは、囲碁の大会で勝ち残っているらしく、向こうで食ってくるとのことで、二人差し向かいで食べることになった。

臓物は、あとで下ごしらえをするとのことで、今日のおかずはどじょうの卵とじである。ネギもたっぷり入って、なかなかの味に仕上がっている。

「ところで、どっぷり汁って知らないよな？」

おのぶにも訊いてみることにした。

じつは、近ごろ、けっこうおのぶの知恵を当てにしている。

「知らない。聞いたこともない」

「だよな。でも、武蔵野屋のあるじというのが亡くなって、身体から凄い臭いがしていたんだ。それで、どっぷり汁というのを食いに行くことになっていたらしい。おいらは、たぶんニンニクや胡椒《こしよう》を入れて煮込んだ臭いのような気がしたんだけど、ももんじ屋を三軒回って訊いても、どっぷり汁なんて知らないと言われたよ」

「あたしも、京都や大坂でも聞いたことないね」

「東海道の宿場でも？」

「とろろ汁はあったけどね」

「とろろ汁をどっぷり汁とは言わないよな」

「ふうん」

と、おのぶは腕組みして考え込むと、

「ねえ、どっぷりと言ったら、次にくるのは、つかる、ひたる、はまるだよね」

「ああ、そうだな」

「もしかして、どっぷり汁は、肉汁の風呂？」

「風呂？」

魚之進の声が裏返った。そんなものは、考えてもみなかった。

「身体ぜんぶで味わうため、なかに入りながら食べるの。でも、そんなの、あるわけないか。気持ち悪いだけだもんね」

「いやいや、気持ち悪さというのは、微妙に魔味につながるのかもしれないぞ」

「魔味にね」

魔食会のことは、すでにおのぶにも話してある。

「そういえば……」

魚之進の脳裏で閃《ひらめ》いたものがある。

「なに？」

「たしか酒風呂とかいうのがあったと、聞いた覚えがあるんだ」

「酒風呂？」

「酒のなかに浸かって、酒を飲むらしい。それと似ているかもな。明日、奉行所で確かめてみるよ」

やはりおのぶは、いい知恵を授けてくれる。

六

翌朝――。

奉行所に向かう途中、尾張町の角で、本田と行き合った。

なんだか、カラスに糞《ふん》でもかけられたみたいな、冴《さ》えない顔をしている。

「おい、また振られたんじゃないだろうな」

と、魚之進は声をかけた。何日か前、奉行所にも近いお濠端《ほりばた》の水茶屋《みずぢゃや》に、「おれの好みの看板娘を見つけた」と、喜んでいたのだ。

「いくらおれでも、そんなに早くは振られねえよ」

「じゃあ、なにか面倒ごとでもできたのか？」

「直接、仕事に関わることじゃないぞ」

「だが、いくらかは関係あるのか？」

「まあな。だから、おれも早く嫁をもらわないと駄目なんだよ。でも、家があんなんじゃなあ。誰も来てくれねえよ」

本田の家は女ばかりで、しかもこのところ出戻って来ている姉が何人かいて、かなり険悪な雰囲気が漂っているらしい。

「家のせいにするな」

「家のせいだ」

確かに、それも、いくらかはあるかもしれない。

「それより、面倒ごとはなんなんだよ？」

「じつは、バクチで損したんだ」

「バクチでだと？　馬鹿野郎」

町方の同心として、あり得ない失敗である。

「調べのためにやったんだから、しょうがないだろうよ」

「調べのためだって？」

「潜入するには、バクチをしなくちゃならなかったんだ」

「それにしても、うなだれるほど負けなくてもいいだろうが。吾作《ごさく》は止めなかったのか？」

吾作は、奉行所の中間《ちゅうげん》で、このところ本田と行動をともにしているのだ。

「止められたけど、なんか、おれ、目が据わっていたんだと」

「いくら、損したんだ？」

「まあ、いい、それは」

「なんとかなるのか？」

「まあな」

どうも怪しい。


奉行所の同心部屋に入るとすぐ、赤塚の席に行って、

「赤塚さん。たしか、前に酒風呂という話を聞いた覚えがあるんですが」

と、言った。

「ああ、酒風呂な。あったな、そんなことが」

「いつごろの話ですか？」

「三年ほど前だよ」

「詳しく教えてもらえませんか？」

「ああ、逗子郎《ずしろう》って野郎が、築地《つきじ》の海辺あたりでやっていたんだが、酒の風呂に若い女と浸かりながら、賭けごとをさせるわけさ」

「酒と女とバクチをいっしょにですか」

「そう。飲む、打つ、買うの三道楽を一度に味わうってのさ」

「ははあ」

「当然、こんな遊びは許すわけにはいかねえわな。ところが、噂を聞いて踏み込んだときは、逃げてしまっていたのさ」

「それで、その後は？」

「たいした悪事でもねえし、おれも忘れていたよ」

「そいつが、武蔵野屋の死にからんでいるかもしれませんよ」

「なんだと」

どっぷり汁を説明した。

「なるほど、逗子郎なら考えそうだな」

「逗子郎とは、どういうやつなんです？」

「小悪党だよ」

「いくつくらいですか？」

「いまは三十になったかもな」

「やくざですか？」

「やくざじゃねえよ。喧嘩《けんか》とかはしねえし、やっても猫には勝てるが、犬には負けるくらいだもの。だが、知恵は回るぜ」

「へえ」

「変わったことを考えるのが得意なんだ。香具師《やし》でもやってりゃいいのに、もうちっと儲《もう》けたくなるんだろうな」

「となると、殺しというのは考えにくいですね？」

「まずないだろうな」

「でも、武蔵野屋が亡くなっていますから、調べに入るのを警戒はしてるでしょうね」

「そうだな」

「どうやって見つけたらいいですかね」

「どうかな。あのころ、暇な連中には面白がられていたんだ。そこらで暇なやつに訊くとわかるかもしれねえな」

なんだかいい加減な指図だが、ほかに手がかりはない。

七

奉行所の前で待っていた麻次のところに来て、酒風呂のことを言うと、

「酒風呂？　あっしは聞いたことはありませんね」

と、首をかしげた。

「そうか。それで、それをやってた逗子郎ってやつなんだが、そのころ、暇な連中に人気があって、よく知られていたらしいんだ」

「へえ」

「赤塚さんは、暇なやつに当たってみろとさ。暇なやつを捜すには、どうしたらいいと思う？」

「まあ、水茶屋でしょうね」

「だよな」

水茶屋というのは、川べりや海っぱたに多い。とりあえず奉行所からも近い、三十間《さんじっけん》堀沿いに行き、水茶屋で暇そうにしている若旦那に声をかけていくことにした。

「あ、いた、いた」

いかにも暇そうな若い男が、ときおり看板娘に声をかけちゃ、

「若旦那、馬鹿みたい」

などと言われながら、煙草《たばこ》をふかし、ぼんやり空を眺《なが》めたりしている。

「いい身分ですよねえ」

麻次は呆れたように言った。

魚之進も、

「そうだな」

とは言ったが、兄の波之進《なみのしん》が生きていたころは、自分も似たような境遇だった。毎日、暇を持て余して、釣りに行ったり、挙句は道端のゴミとか、虫の死骸まで拾って歩いたりしたものだった。

いまではすっかり忙しくなり、あのころが懐かしくさえ思えてしまう。

魚之進はあまり期待せず、

「ちっと訊きたいんだが、あんた、逗子郎って男を知ってるかい？」

と、声をかけた。

「逗子郎？　ええ、知ってますよ」

「知ってんのか」

いきなり、知っている人間に会えるとは思わなかった。逗子郎という男は、それくらい有名なのかもしれない。

「逗子郎さんがどうかしたので？」

「どうもしないんだが、じゃあ、どっぷり汁ってのを知ってるかい？」

「ふふっ。やりましたよ」

若旦那は、嬉しそうに笑って言った。

「もしかして肉汁のなかに入るんじゃないか？」

「そうなんです」

「汚いだろう。ほかのやつだって入るんだろうから」

「そこは徹底してましてね、入る前に湯に入れられ、身体じゅうこすって、きれいにさせられるんです。毛まで剃《そ》ったり、抜かれたりしますよ」

「へえ」

「それから、釜のなかに入るんですが、かなり熱いんです。湯屋の湯より熱いくらいです。それで、手づかみで肉片を食い、汁を飲むんですが、うまいんです」

「うまいんだ？」

「あのなかで一生、暮らしたいくらいでしたよ」

「そんなにうまいのか」

そこまでのものなら、魚之進も食ってみたい。

「逗子郎さんは、前に、酒風呂ってのをやってたことがあって、あれは若い娘もいっしょに入ったんですが、今度のは若い娘は入らないんです。気持ち悪いと言って、入りたがらないみたいです」

「だろうな」

「でも、若い娘なんて要《い》りませんね。あのうまさを味わってしまったら、女っけなんて、ないほうがいいです」

若旦那はうっとりした顔で言った。

「へえ、おいらもやってみたいんだがね」

「じゃあ、芝《しば》の瘋癲《ふうてん》横町に行けばいいですよ」

「瘋癲横町だな」

「でも、もうやってないと思いますよ」

「そうなの？」

「なんかあったみたいで、もうやらないんだと聞きました。がっかりですよ」

若旦那にとっては、最高の退屈しのぎだったらしい。

八

魚之進は、麻次とともに瘋癲横町にやって来た。ここらは、将軍家の菩提寺《ぼだいじ》である増上寺《ぞうじょうじ》のお膝元になっている。

だが、大きな寺の門前町の例にもれず、遊興地が広がっている。それでも、この瘋癲横町ほど怪しい通りがあるとは思わなかった。

「知ってたかい？」

魚之進は、麻次に訊いた。

「いいえ、あっしも初めてですよ」

立ち並ぶ店も、普通の店ではない。

「おい、あの店、見ろよ」

「ヘビ屋ですね」

盥《たらい》や桶に、ヘビを入れて売っているのだ。

のぞこうとすると、

「旦那。気をつけてくださいよ。それはマムシだからね。食いついてくるよ」

店の者が、へらへら笑いながら言った。

「おっと」

と、魚之進は慌ててのけぞり、

「マムシなんか買うやつ、いるのか？」

「いるんですよ。マムシの生き血は万病の薬ですし、なかにはこれで誰かを殺したいってのもいるみたいでね」

「おいおい」

とんでもない店である。

「旦那。こっちはなんですかね？」

麻次が、ヘビ屋の向かいの店を指差した。

「え？　神さま屋？　神さま、売ってんのか？」

店のなかをのぞくと、〈丑《うし》の刻《こく》参り道具一式〉とか、〈狐憑《きつねつ》き追い出し棒〉なんてのが置いてある。ほかにも、いろんなお札が並んでいる。

「これは、神社のお札か？」

と、店の者に訊くと、

「ええ。お伊勢《いせ》さんはもとより、出雲《いずも》の神さまのもあれば、熊野《くまの》権現《ごんげん》も武州《ぶしゅう》の鷲宮《わしのみや》神社も、日本中のお札がありますぜ」

「あれは、なんだ？　ただの石ころを売ってるのか？」

箱に平たい石がいっぱい入って、「一つ十文」と、書いてあるではないか。

「ただの石ころじゃありませんよ。あれは津軽《つがる》にある賽《さい》の河原で積まれていた石で、あれを川に持って行って積んでやれば、先祖の供養になりますぜ」

「呆れたな」

これも、とんでもない店だった。

そのあるじに、

「逗子郎ってのを知ってるかい？」

と、訊くと、黙って、横の路地を指差した。その奥にいるのかもしれない。

「ここはまた、いちだんと怪しい路地ですね」

麻次が薄気味悪そうに言った。

小さな路地なのだが、入口の頭上に〈大儲け大明神〉と書いてあって、渡された綱に、熊手《くまで》だの、笹《ささ》だの、小さな門松《かどまつ》だの、さまざまな縁起物がくくりつけられている。路地の両脇には、大黒《だいこく》さまと恵比寿《えびす》さまの像が立っていた。どう見ても、この先にあるのは、儲けより、詐欺《さぎ》である。

「よし、入ってみよう」

逗子郎と会うためには仕方がない。

奥まで行くと、ちょっとした空き地があって、真ん中の丸く囲われた場所を、大勢の男たちが騒ぎながらみている。どうやら、そこでバクチが行われているらしい。

男たちをかき分けてなかを見ると、行われていたのは、亀の駆けくらべだった。

「よしよし、行け、亀次郎《かめじろう》！」

「亀吉《かめきち》、負けるな！」

などと声援が送られているが、亀はのろのろ進むので、なかなか結果が出ない。

「逗子郎、まだ賭けられるかい？」

客が声をかけると、

「ああ、いいよ」

うなずいた小柄な男が、胴元でもある逗子郎らしかった。

が、かなりの大金が賭けられているらしい。

「旦那。ここでいきなり逗子郎を捕縛などしようものなら、無事に出られるかどうか、わかりませんぜ」

麻次が小声で言った。

「そうだよな」

なにせ、熊や猪と紙一重というやつばかりである。

九

賭けが終わるのを待ち、逗子郎の跡をつけた。

家は、賭場《とば》にしている空き地のすぐ近くで、裏にありながらなかなかきれいな一軒家だった。やくざじゃないから、子分らしき者もいない。

逗子郎が入るとすぐ、

「ちっと、ごめんよ」

と、魚之進と麻次がなかへ踏み込んだ。

「なんだい、あんたたちは？」

「町方の者だが、ちっと話を聞かせてもらいたいんだ」

そう言って、魚之進は十手を見せると、

「あっしはなにもしちゃいませんぜ」

「賭場を開いていただろうが。それと、どっぷり汁についても、訊きたいことがあるのさ」

「どっぷり汁……」

逗子郎は顔を強張《こわば》らせ、

「おい、おりき」

と、台所のほうに声をかけた。

「なんだい、お前さん」

現われたのは女房らしいが、魚之進と麻次が二人して、猪を上に持ち上げているくらいの大きさと、重量感がある。

「なんだい、あんたたち、うちの人に文句でもあるのかい？」

どかどかと、近づいて来る。

「文句じゃない。話を訊きたかっただけで」

思わず後ろに下がった。

「話、訊くにも、あたしの許しがいるんだよ」

そう言いながら、魚之進の胸を平手でどんと突いた。

「うっ」

魚之進はそのまま宙を二間ほど飛んで、壁に激突した。

「こいつ、女相撲の東海力《とうかいりき》ですぜ」

と、麻次が言った。

「女相撲……」

魚之進は見たことはないが、麻次は大好きだと言っていた。

「しかも、東海力は西の大関ですよ」

「なんてこった」

この二人が夫婦《めおと》だなんてことは、赤塚は教えてくれなかった。あるいは酒風呂のあとで、くっついたのかもしれない。

「こいつら、町方の者だ。どっぷり汁のことで来たらしい」

逗子郎がおりきに言った。

「町方だって？　お前さん、早く、お逃げ。ここはあたしが食い止めるから」

「でも、お前」

「いいから、逃げろ！」

「わかった」

逗子郎はおりきに脅《おど》されるようにして、後ろの窓から飛び出して行った。

「しまった」

外に出て、追いかけようとした魚之進と麻次だが、襟首をいっしょに摑《つか》まれて、グイッと引き戻された。凄まじい力である。

「追わせるもんか」

そう言いながら、おりきは魚之進に足をかけ、引き倒した。すさまじい重みが身体にかかってきて、一昨日食べたものまで、飛び出しそうになる。

「このあま！」

麻次が両手両足でおりきの左腕にしがみつき、ねじろうとしている。

「麻次、なに、してんだ？　こいつをどかせてくれ！」

魚之進は苦しくて気を失いそうである。

「いや、まともに戦っても勝てる相手じゃありません。それより、東海力は先場所、左腕を怪我したはずなんです」

「そうなの」

麻次が言ったとおりである。まもなくおりきは、

「痛い、痛い！」

と、喚《わめ》き、左腕をかばうようにうつ伏せになった。その隙《すき》に、二人がかりで押さえつけ、どうにか手足を縄で縛り上げることができた。

しばらくは、息が上がって話すこともできなかったが、

「あいつ、逃げちまったかな？」

「女房を置いて逃げますかね」

「そういうやつか？」

と、魚之進はおりきを見た。

おりきはつらそうな顔をしている。

「どうなんだ？」

と、魚之進はさらにおりきに訊いた。

「そりゃあ、あたしだって、引き返して来てくれたら嬉しいですよ」

「だよな」

いくら怪力でも、それが女心なのではないか。

「待ってみよう」

「そうしましょう」

「おい、おりき。もどって来ても、逃げろとか言わないほうがいいぞ。逃げれば、逆に罪は重くなる。武蔵野屋はどっぷり汁というのに浸かって、死んだみたいだけど、殺したわけじゃないだろう？」

魚之進は、おりきを説得した。

「あたしは見てないんですが、あの人が殺しなんてするわけないですよ。どうしよう、死んじまったと、ずいぶんおたおたしてましたから」

「やっぱりな。だったら、前の酒風呂の件と合わせたって、そうたいした罪にはならないはずだ。ここは、逃げずに正直にしゃべったほうが、おいらたちの心証だってぜんぜん違ってくるぜ」

「わかりました」

四半刻《しはんとき》ほどして──。

「おりき、大丈夫か？」

と、外で声がした。

すぐさま魚之進と麻次は、戸口のわきに張り付いて、おりきにさっき言ったようにしろというように顎《あご》をしゃくった。

「お前さん」

「おう。無事だったか。町方の連中はどうした？」

おりきは問いには答えず、

「お前さん。やっぱり、逃げたりせずに正直にしゃべったほうがいいよ。たいした罪にはなりそうもないってさ」

「え、そうなの？」

逗子郎が入って来たところに、魚之進と麻次が取り囲み、

「嘘じゃねえ。まずは、正直に話してくれ」

そう言い聞かせると、逗子郎もすぐに観念した。

「わかりました。なにからお話しすればいいんですか？」

「どっぷり汁というのは、肉汁のなかに、身体ごと浸かって食うんだってな」

「ええ」

「そんな料理、昔からあるのか？」

「いいえ。あっしが考えたんですよ。芝居で、石川五右衛門《いしかわごえもん》が釜茹《かまゆ》での刑に遭うところを見たときに思いついたんですがね」

「凄いところから思いついたな」

「裏に釜も置いてあります」

いっしょに見に行った。

「これかあ」

巨大な釜である。

「元は風呂釜だったのかも知れません。あっしは鋳掛屋《いかけや》から買い取ったんですけどね」

「これに牛の肉を入れて煮たんだ?」

「牛の肉だけじゃありませんぜ。ニンニクに大根、ネギ、茄子《なす》、それに山椒と醤油《しょうゆ》も入れて、ぐつぐつと二日ほど煮込んだやつを、人が浸かれるくらいまで冷ますんですが、そのころになると、もう肉はとろとろ、口に入れると、自然にほぐれるくらいなんです。そのなかに浸かりながら、食う肉のうまいことといったら」

「ああ、それはさぞかしうまいだろうな」

魚之進の腹がぐうと鳴った。

「ちょっと食ってみます?」

「え?」

「ありますよ。毎日、火を入れてるんです。肉も一昨日、足してますし」

「人が入ったやつなんだろう?」

「それは入ってないです。人を入れると、傷《いた》みが早くなるので、入れてないのを取ってあるんですよ」

「そうなの」

「おりき、用意しな」

逗子郎が顎をしゃくると、おりきはいそいそと台所の竈《かまど》に火を入れた。大きな鍋がかかっている。

「どうする？」

魚之進は小声で麻次に訊いた。

「いやあ、あっしはなんとも言えません。旦那のお好きなように」

二人のやりとりが聞こえたらしく、

「毒なんか入ってない証拠に、あっしがまず毒見をしますから」

と、逗子郎は言った。

「いや、まあ、それは」

毒を仕込むような男ではないだろう。

「魔食会とかいう集まりがあるらしいんですがね」

「ほう」

と、魚之進はとぼけた。

「これを食わずに、なにが魔食会だよと、あっしは思いますね」

いい匂いがしてきた。

「お前さん。火が通ったよ」

おりきが言った。

「おう。じゃあ、あっしが毒見を」

と、鍋のなかのものを、椀《わん》にすくった。

「これが、箸《はし》じゃ、つまめないくらいだったりするんでね」

逗子郎は、大きめの匙《さじ》で肉片をすくい、口に入れると、

「うん。いい感じです」

「どれどれ」

と、魚之進ももう耐えられない。

別の椀にすくってもらい、匙で口に入れた。肉片がほろほろとほどけ、甘味のある脂が口いっぱいに広がった。

「こ、これは……」

「うまいでしょ？」

「うまい」

焼いて食う牛の肉もうまいが、このうまさは別物である。

「ちょっと脂は多いんですがね」

「これなら、わざわざなかに浸からなくてもいいんじゃねえのか？」

もう一つの肉片も口に入れたまま、言った。

「ところがね、旦那、脂のなかに浸かるってのは、これが不思議な感じなんですよ。まさに身体じゅうで味わっているという思いがするんですから。だから、名づけて、どっぷり汁としたんです」

逗子郎は自慢げに言った。

「だが、それで死んだ男もいるだろうが」

魚之進がそう言うと、逗子郎の表情が曇り、シュンとなった。

「そうなんです。武蔵野屋の旦那なんですが」

「前からの知り合いなのか？」

「ええ。あっしが以前、酒風呂ってのをやってたときにも来ていたんですが、あの旦那は女やバクチはあまり興味がないみたいでね。酒風呂だけを味わっていたんです。それで、今度は女っけも、バクチもないと聞いたら、大喜びでやって来たんです」

「それで、武蔵野屋は食ってる途中で死んだのか？」

「そうなんです。もの凄い食いっぷりでしてね。あっしはもう止めたほうがいいと言ったんですよ。それで、ちょっと目を離したら、釜の底で足を滑らせましてね。いったんひっくり返ると、釜も身体も脂でぬるぬるしてますから、起き上がれなかったみたいなんです。それで、あっしがもどったときは、釜のなかで溺《おぼ》れてましまして」

「それから、どうした？」

「引き上げたときは、もう息はしてませんでした。どうしたらいいか、しばらく考えたんですが、ご自宅に帰してあげるのがいちばんだと思いまして」

「ふうん」

奇妙な死に方だが、食い道楽の武蔵野屋からしたら、不本意な死に方ではなかったかもしれない。

「ざっと流して着物を着せて、駕籠屋を呼びました」

「駕籠屋は死体を乗せるのを嫌がっただろうよ」

「表の通りまで、これが背負って行ったんです」

と、逗子郎はおりきを指差した。

「駕籠屋は、ただ酔っ払ってると思ったみたいでした」

と、おりきが言った。

「なるほどな」

「武蔵野屋の場所を教え、多めに代金をはずんで送り出したんですが、たぶん、なにか変だとは思ったでしょうね」

「駕籠屋は店まで送り届けると、たちまちいなくなったみたいだぜ」

「そうでしたか。あっしも、前に酒風呂をやって、お上に目をつけられたことはわかってましたから、今度、死んだ人を出したとなったら、どうなることかと、びくびくしておりました」

「とりあえず、お縄にかかれ」

と、魚之進は言った。

「わかりました」

「バクチで儲けた金も没収だな」

「しょうがないですね」

「どこだ？」

「そこに」

と、押入れを指差した。隠してあった金箱には、ざっと七、八十両とともに、借金の証書もあった。

その証書をぱらぱらとめくると、とんでもない掘り出し物があった。

十

この日、暮れ六つになって、外回りからもどった本田伝八に、

「おい、本田、元気出せ」

と、魚之進は声をかけた。

「元気なんか出ないよ」

「お前、どっぷり汁を追いかけたのか？」

本田は目を丸くして、

「なんで知ってんだ？」

「おいらも追いかけてたからさ」

「なんだよ。おれは、知り合いの若旦那からその話を聞いて、なんか怪しいと思い、芝の瘋癲横町に行ってみたんだ。でも、あいつ、急にやめちまったんだよ。それで、亀の駆けっこで、順番を当てるって賭けを始めたんだ」

「亀の駆けっこ、やったのかい。それで、大負けしたわけか」

「ああ、賭けないと、周りのやつらに怪しまれそうだったんでな」

あの雰囲気では、本田がそう思ったのも無理はない。

「これ」

と、魚之進は借金の証書を差し出した。

「え？　おれの借金の証書？　どうしたんだ？」

「逗子郎を捕まえたのさ。たいした罪にはならないが、借金の証書は押収したので、さっきお奉行の許しも得て、これはお前に返すことにした」

証書の額は二十両である。

「こんなに賭けたのか？」

「うん。なんだか、亀を見てたら、自分を応援しているみたいな気になってきてな。二十両をどうやって返そうと悩んでいたんだ。いやあ、助かったあ」

本田はへなへなと崩れ落ちたのだった。

第二話　料亭駕籠

一

魚之進と麻次が、本所《ほんじょ》のほうから来て、両国橋《りょうごく》に差しかかるとすぐ、人だかりがあった。

「なんですかね」

「どうした？」

と、野次馬をかき分けると、倒れて、筵《むしろ》を掛けられている人がいた。痩《や》せ細った足が見えている。

橋番と、近くの番屋から来たらしい男が、

「行き倒れですね」

「身元がわかるようなものは？」

「ありません。ここ数日、無宿者《むしゅくもの》が増えてましてね。どうも、奥州《おうしゅう》のどこかで飢饉《ききん》があったみたいで、食い詰めた百姓が江戸に流れて来ているのでしょう」

「そうか」

魚之進は、腰を下ろし、筵をめくった。

痩せこけているが、まだ若い。おそらく二十歳前後ではないか。空腹はどんなにつらかったことか。

手を合わせ、筵を掛け直した。

江戸の町でも、寺や篤志家《とくしか》が方々で、無宿者や浮浪者に炊き出しをおこなっている。そこへ辿《たど》り着く前に、倒れてしまったのだろう。

「なんとか食うものを見つけることはできなかったのかな？」

魚之進は、麻次にそう言った。

江戸の川や海には、魚が少なくない。また、川や波打ち際を浚《さら》えば、シジミやアサリなどの貝も獲れる。カモやハトなどの鳥もいれば、イナゴなど、食べられる虫だっている。ちょっとした仕掛けや工夫で、食料は見つかる気がするのだが。

「どうも、あまりに餓えちまうと、そういう知恵もなくなって、ただただ歩きつづけるみたいなことになるらしいですよ」

と、麻次は言った。

「そうなのか。やはり、街道筋でも、もっと炊き出しをしてもらうよう、おいらたちからも大店《おおだな》のあるじなどに呼びかけたほうがいいな」

「そうですね」

「本田にも協力してもらわなくちゃな」

そう言いながら、東詰《ひがしづめ》のほうまで来たとき、

「お、あれだ。近ごろ話題の料亭駕籠《かご》は」

という声がした。

ふと、横を見ると、二挺《ちょう》の駕籠が二人の横を通り過ぎて行った。駕籠は宝泉寺《ほうせんじ》駕籠と呼ばれるもので、引き戸があってなかは見えないが、大名が乗る黒塗りの駕籠ほど堅苦しくはない。武士だけでなく、裕福な町人も、江戸市中で使っているものである。

いま、声を上げた若い男に、

「料亭駕籠ってなんだい？」

と、魚之進は訊いた。味見方としては、聞き捨てならない。

「そこの〈鶴亀楼《つるかめろう》〉という料亭で始めたんですが、駕籠に乗って江戸の名所を回りながら、料亭の弁当をつかうってものなんですよ」

若い男は、西詰の薬研堀《やげんぼり》あたりを指差しながら言った。

「へえ」

「いい景色を見ながら、さらに揺られながら弁当を食べるのも乙《おつ》なものだというの

で、客はひっきりなしみたいですぜ」

「駕籠かきのほかに、いっしょに走っている男もいたみたいだけど？」

「あれは、板前もいっしょに走ってるんです」

「板前も？」

「それで、道中、見かけた釣り人から釣り上げたばかりの魚を買い上げると、それをさばき、魚に合った料理法で食べさせてくれるらしいんです」

「そうなの」

「ほかに、途中の萩寺《はぎでら》で茶を点《た》ててもらったり、半日がかりで楽しめるみたいです」

面白い試みではある。

これから、そういうのは流行るかもしれない。

「高いんだろうな」

「一人三両ですと」

「三両！」

魚之進は目を見開いた。

かたや、食い詰めて故郷を捨て、江戸まで辿り着いても、餓死してしまう者がいれば、三両のごちそうを楽しむ人たちもいる。

ごちそうを求める気持ちもわかるし、うまいものは気持ちを豊かにしてくれる。しかし、食えなくて命を落とす人たちのことは、もっと考えてやるべきではないのか。

魚之進は複雑な気持ちになってしまう。

「ちょっと、鶴亀楼を見て行こうか」

「ええ」

薬研堀に面した大きな料亭で、黒板塀で囲まれているが、看板などは出しておらず、門灯に小さく鶴亀楼と記してあるだけである。いかにも通人が好みそうな料亭ではある。門を入った右手には、さっきの二挺の駕籠のほか、もう一挺置いてあった。料亭駕籠は、かなり繁盛《はんじょう》しているらしい。

「話を訊きますか？」

麻次が訊いた。

「いや、今日のところはいいだろう」

魚之進はそう言って、踵《きびす》を返した。なにか聞いても、どうせ自慢話を聞かされるだけのように思えたのだった。

二

昼過ぎに、いったん奉行所にもどると、

「月浦。お奉行が急に評定所に行く用ができたのだが、皆、出払っておる。そなた、護衛がてら、付き添ってくれ」

与力の安西佐々右衛門《あんざいさざえもん》が声をかけてきた。

「護衛？　わたしがですか？」

周囲からは、捕り物の腕が上がったと言われるが、自分ではまったく自信がない。お奉行が刺客《しかく》に襲われたりしても、なんの役にも立たないのではないか。

「大丈夫だ。ほかに中間《ちゅうげん》が四人、駕籠のお伴をする」

駕籠かきを入れたら計七人。お濠端《ほりばた》を行き来するだけだから、まあ、大丈夫だろう。

「そうですか」

と、奉行の駕籠に付き添った。

道三河岸《どうさんがし》にある評定所に着くと、奉行の筒井和泉守は控室に入った。なかにはすで

に三人ほど、ほかの重鎮たちも来ていて、

「おう、筒井どの。いま、鶴亀楼の料亭駕籠の話をしておったのだ」

と、誰かが声をかけ、そこから何人かで雑談が始まった。

魚之進は、部屋の外に控えているのだが、盗み聞きするつもりはなくても、その会話が聞こえてしまう。

「あれが魔食と言えるかのう？」

「いやいや、駕籠に揺られながら食う飯は、いい気分でなかなかうまいものでしたよ」

「だが、鶴亀楼の料理だろう」

「それはそうです」

「あそこの飯はとくにどうということはあるまい。魔味と言えるほどのものではないだろうよ」

「だが、それを食うところを斬新なものにすることで、食の楽しさも倍増できていたら、魔味として認めてやってもよいのでは？」

「わしは、ただの酔狂と、魔食をいっしょにするのは反対じゃ」

お奉行の声は聞こえておらず、ほかの三人で話しているらしい。あの人たちも皆、魔食会のお仲間らしいが、料亭駕籠については、いろんな意見があるのだろう。

するると、誰かが、

「中野《なかの》さまは、どうおっしゃっていた？」

と、訊いた。

「まだ召し上がっておられぬらしい。だが、近々、乗るとはおっしゃっていた」

「中野さまの意見を聞いてみたいな」

なんと、魔食会には、あの中野石翁《せきおう》が入っているらしい。確かに、魔食会なるものは、いかにも中野石翁が好みそうだった。

そこへ、

「そろそろ会議を始めます」

と、声がかかって、四人は大広間のほうへ入ってしまった。

――幕閣の方々も、魔味には感心がおありなのか。

と、魚之進は思った。

江戸で食い道楽が盛んになっていることは、魚之進も肌で感じている。庶民でさえそうなのだから、いままでも食の贅沢《ぜいたく》を味わってきた幕閣や豪商たちが、まったく新しい味の魔味に関心を持つのは、むしろ自然な成り行きなのかもしれなかった。

三

このあと、ふたたび奉行所にもどって、かんたんに銀座《ぎんざ》界隈《かいわい》を巡回して終わりにしようと思ったとき、

「大変なことが起きた」

と、安西佐々右衛門が飛び込んで来た。

「なんです」

「月浦、料亭駕籠というものを知っているか？」

「ええ」

嫌な予感がした。なにか起きたのか。面白い試みではあるが、いいことだけではないという気もしたのだ。

「そのなかで、旗本の笠原忠義《かさはらただよし》さまが殺害された」

「えっ」

旗本の笠原忠義という人は知らないが、料亭駕籠のことは、さっき評定所でも話題になっていた。

「鶴亀楼という料亭だそうだな？」

「はい。薬研堀に面した大きな料亭でした」

「わしも行くが、そなたもいっしょに来てくれ」

「わかりました」

鶴亀楼にやって来た。

「あるじの源右衛門《げんえもん》でございます。なんとも、ひどいやつがいたもので」

と、安西に頭を下げた。

その態度には、ひたすら凶漢《きょうかん》のせいで、自分のところにはなにも非難されるようなことはないと、訴えているようだった。

「遺体は？」

「その裏手に」

「遺体を移したりはしてないだろうね？」

「そのままです」

駕籠のなかで、血を流していたのは、六十近い、白髪まじりの武士である。

「月浦。よく見よ」

と、安西は言ったが、そのわりに自分は近づこうとはしない。

左胸の横に刺し傷がある。槍かなにかで、心の臓を一突きされていた。叫び声を上げる暇もなかったのではないか。

「駕籠は料亭のものかい？」

魚之進はあるじに訊いた。

「はい」

「乗っていたのは、笠原さまだけかい？」

「いえ。側室のお方が」

「その方に危害は？」

「ありません。が、ご気分が悪く、いま、向こうで横になられています」

「どこで刺されたんだい？」

「それがわからないのです。駕籠かきのほかに、板前もいっしょだったのですが、誰も気がつかず、ここに着いてから気づいたくらいです」

「そうなの」

ということは、昼前に魚之進の横を通り過ぎた駕籠がそうだったのか？

それをあるじに問い質《ただ》すと、

「あ、違います。笠原さまが乗られたのは、柳島《やなぎしま》を巡るほうの便で、ご覧になったのは須崎《すざき》神社から小名木《おなぎ》川沿いを走る便だったかと」

「ずいぶん便があるんだな？」

「いちおう、順路は二つ、ご用意してあります」

「乗り手はひっきりなしかい？」

「駕籠は五挺ほど用意してありますが、そうですね、だいたい毎日、予約のお客さまがいらっしゃいます」

「ふうん」

「笠原さまは、本来であれば別の日に乗られる予定でした」

「え？」

「今日は、中野石翁さまが乗られる予定だったのですが、急遽《きゅうきょ》、お腹の具合がよくないとご連絡をいただきまして、たまたま来ておられた笠原さまが、それならわしが乗るということになったのです」

「なんだって？」

「ほかの方なら、お断わりしたのですが、中野さまと笠原さまは、懇意でいらっしゃるとのことでしたので、替わっていただいたのですが、とんだことになってしまいました」

「なんてことだ」

魚之進は驚いて、後ろにいた安西を見た。

「どうした、月浦？」

「もしかしたら、下手人は笠原さまではなく、中野さまを暗殺しようとしたのではないでしょうか？」

魚之進は、安西に耳打ちした。

咄嗟《とっさ》に思いついたことだが、じっさい、歳恰好が笠原は中野石翁によく似ているのである。二人をあまり知らない者なら、間違えても不思議はない。

「なんだと！」

安西が大きな声を上げそうになったのを、

「お静かに」

と、制してから、

「今日、ここの駕籠に中野石翁さまが乗るということは、秘密ではなかったのかい？」

あるじに訊いてみた。

「はあ。とくに秘密ということはなかったです。それで、わたしどももいまをときめく中野さまに乗っていただくということで、くれぐれも丁重に接するようにとは、言っておきました」

「乗り手が急遽、替わったことは、皆に伝えたのかい？」

「それは急なことでしたので、とくには……」

「そうか」

魚之進はできるだけ平然とうなずき、話を終えた。

それから安西と部屋の隅に行き、

「やはり、間違いありません。笠原さまは、中野さまと間違えられて殺されたのです」

「なんてことだ」

「中野さまには、お伝えしなくていいのでしょうか？」

「いや、当然、お報《しら》せせねばなるまい」

「ですよね」

警戒が必要である。

「しかも、愚図愚図してはいられない。月浦。そなたは、中野さまにたいそう気に入られている」

「そんなことは」

「いや、間違いない。そなたが第一報を入れてくれ。当然、あとでお奉行のほうからもお報せに上がることになるだろう」

横になっているという笠原の側室の話も聞きたいが、ここは本当に一刻も早くお報せすべきだろう。

「わかりました」

中野石翁の住まいは、いわゆる向島《むこうじま》と呼ばれる寺島村《てらじま》にある。

魚之進は舟を使わせてもらうことにして、急遽、中野邸に向かった。


中野石翁は、九千石の旗本だが、将軍家斉《いえなり》に絶大な信頼を得ている。そのために、将軍にご愛顧を賜りたい者は、中野に接近を試みる。ゆえに、門前には各大名家からの使いが列をなし、屋敷内には贈り物の山が築かれる。

そうしたことから、阿諛追従《あゆついしよう》の世界の人物として毛嫌いする向きもあるが、中野自身は優れた見識を持ち、政《まつりごと》に対しても、私情を優先させているわけではない。そもそもが、隠密同心として味見方を設置したのは、中野の発案によるものだった。

今日も相変わらず客が押しかけて来ている。魚之進の前に七組の客が待たされてい

て、

——これは相当待つことになるのかな。

と、覚悟していたら、七組を飛ばして、魚之進が呼ばれた。

部屋に行こうとすると、後ろで、

「誰だ、あいつ？」

「ご三家筋ではないか」

などと囁く声が聞こえた。町方の者ですと言ったら、さぞかし憤慨するだろう。

緊張して、部屋に入ると、

「おう、月浦。久しぶりだな」

中野石翁は笑顔で迎えてくれた。

「あの節は、お世話になりました」

北大路《きたおおじ》魯《ろ》明庵《めいあん》こと、徳川元春《とくがわもとはる》が将軍家斉の暗殺を企て、危ういところでそれを防いだのだが、中野石翁の協力もあってのことだった。

「なんの。こちらこそ、世話になった」

「勿体《もったい》のうございます。なにか、本日はお具合が悪かったと伺いましたが？」

「うむ。ちと腹をくだしてな。だが、すっかり良くなった」

「本日は鶴亀楼の料亭駕籠にお乗りになるはずだったとか」

「うむ。楽しみにしておったのだがな」

「それなのですが、じつは……」

と、殺しの件を語った。

「なんと、笠原忠義が殺されたのか」

「しかも、笠原さまはおそらく間違えられて刺殺されたのかと」

「というと？」

「本来は、中野さまを襲撃するつもりだったのではないでしょうか」

「ほう、わしをな」

中野の顔色はさほど変わらない。もともと豪胆な気質だし、命を狙われるのも初めてではない。

「どうか、お気をつけられますよう」

「気をつけるが、そなた、下手人を見つけ出してくれ」

「わたしがですか？」

殺されたのは旗本で、本来なら目付筋が調べをおこなうのが筋なのではないか。

「どうした？」

「お目付の方々を差し置くことになるのでは？」

「目付は目付で動けばよい。わしは、そなたの捕り物の実力を信用しておる。筒井どのにも、わしから頼んでおく」

「ははっ」

「なにかあれば、わしの名を出して構わぬぞ」

「ありがとうございます」

「いま、筒井どのに文をしたためる。届けてくれ」

文を書き終えるまで、魚之進はさきほどの控室で待った。

待たされている七組の人たちは、魚之進をわざと無視するように、どこの寿司がうまいかという噂話にふけっていた。

四

奉行所にもどって、中野石翁の文を筒井和泉守に手渡した。筒井はすでに安西から話を聞いていて、文に目を通すとすぐ、

「中野さまは、そなたを担当にしてくれとお書きになっている」

「はい」

「頼むぞ」

「ははっ」

「まずは、どうする？」

「別の駕籠ですが、いっしょに動いていた笠原さまのご側室にも話を伺いたいのですが」

「なるほど。それは、笠原家が承知するかどうかわからぬな」

「中野さまは、わしの名を出してもかまわぬと」

「ああ、それなら向こうも嫌とは言うまい」

「それと、鶴亀楼に頼んで駕籠を出してもらい、できるだけ同じように、今日の道順を辿りたいと思います」

「わかった」

と、筒井はうなずき、

「ところで、安西からそなたが炊き出しの奨励を願っていると聞いたぞ」

「は。出過ぎた真似でしょうか？」

「そんなことはない。大いにやるべきだ。わしからも、ぜひ進めるように言っておいた」

「ありがとうございます」

「行き倒れが増えているとは、他の者からも聞いていた。飢饉は他国で起きたこととはいえ、幕府もできるだけのことはしてやるべきだろう」

「はい」

「これからは、ますます寒くなるしな」

「そうなのです」

「波之進《なみのしん》の遺言は、わしも忘れておらぬぞ」

「……………」

魚之進は黙って頭《こうべ》を垂れた。

「美味の傍《そば》には悪がある」

兄はそう言い残した。やはりお奉行は、嬉々として魔食会の仲間になっているわけではないのだと、魚之進は確信した。


翌日──。

まずは、麻次とともに、駿河台下《するがだいした》の笠原家を訪ねた。御側衆《おそばしゅう》を務めているそうで、二千坪ほどある広壮な屋敷になっている。

「なんか気後れするよなあ」

魚之進は愚痴りながら、門番に訪ないを入れた。もちろんいまごろは、葬儀がおこなわれているはずである。

しばらく待つと、裃《かみしも》姿の武士が出て来て、

「町方の月浦か？」

と、訊いた。

「はい」

「わしは、この屋敷の者ではない。目付の愛坂《あいさか》という者だ」

「…………」

町方は手出し無用と言われるのかと思ったら、

「中野さまから、町方の月浦という者が動くと聞いておる」

「ははあ」

さすがに手配は迅速である。

「今日はなにがしたい？」

「昨日、笠原さまとごいっしょしていたご側室のお話を伺いたいのですが」

「うむ。そう言うだろうと思った。なかでは訊きにくいだろうから、いま、連れて参る。待っておれ」

「よろしいので？」

「どうせ笠原さまが亡くなっては、放り出されるはずだ。構わんだろう」

ずいぶんざっくばらんなお目付である。

まもなく、側室というより、女中ふうの恰好をした若い娘がやって来た。

「お待たせしました。菊乃《きくの》といいますが、ほんとはそんな気取った名じゃなくて、ただの菊です」

「はあ、お菊さんですか」

どうも想像していたのと勝手が違う。

「どこか、近くの甘味屋《かんみ》にでも入ります？」

と、お菊は笑顔で言った。飾りけのない笑顔で、片頰に笑窪《えくぼ》ができる。歳は十八くらいか。

「よろしいので？」

「いいの。どうせ、数日中には追い出されることになるから」

「…………」

愛坂というお目付が言っていたのは本当らしい。

「あたし、奥方に嫌われていたから」

「そうなので？」

「あたしだって、好きで側室になったわけじゃないのに。ほとんど飯炊きみたいに、ここに入ったら、なんだかやけに旦那さまに気に入られてしまったの。そうなると、断われないわけよ」

「ははあ」

「あたしなんか、そっちの三河町《みかわちょう》ってとこの魚屋の娘だよ。こんな堅苦しいところなんか、一刻も早く逃げ出したかったよ」

「…………」

まさか、この娘が堅苦しい境遇から抜け出すため、刺客でも雇ったのか……と、ちらりと思った。そうなると、中野石翁さまが狙われたという見込みは、見当違いだったことになる。

「でも、笠原さまがあんなことになってびっくりしちゃって。笠原さまは、優しくて、いい人だったから」

と、今度は顔を歪めた。やはり、この娘が刺客を手配するなんてことはできそうもない。

とりあえず、鎌倉《かまくら》河岸に出ていた水茶屋に腰を下ろした。

「昨日は、本当なら駕籠に乗るはずではなかったそうですね？」

と、魚之進は切り出した。

「そう。あのあと、笠原さまとあたしと、あそこで芸者に小唄を習うことになっていたの。それで店に入ったら、ちょうど中野さまという方が、腹痛を起こして、来られなくなったという使いの人が来て、駕籠が二つ空いたわけ。そうしたら笠原さまが、だったらわしたちが乗ると言い出して」

「そんなにかんたんに決まったのですか？」

「そう。笠原さまは、あの料亭はなじみだったから」

「それで、すぐに出発したわけですか？」

「あたしなんか、どこに行くとも知らずに、ただ駕籠に乗せられただけ。でも、出されたお弁当はおいしかったよ。あんなふうに駕籠に揺られながら食べるなんて、初めてだったし、それにお弁当のおかずも食べやすいように、小さく切られてあったりして」

「なにか変な味がするものとかは？」

「ううん。どれもおいしかった。萩寺で飲んだお茶も、お饅頭《まんじゅう》もおいしかったよ。それで、大川《おお》に出たところでは、その場で釣れたうなぎを捌いて、蒲焼《かばやき》にしてくれたの。もう、最高だよ。あんなおいしいご飯を食べたのは初めてだったね。だから、そのあとで、あんなことになるなんてね」

と、お菊はまた、顔を歪めた。そこから、しばらく嗚咽《おえつ》したので、魚之進はおさまるまで俯《うつむ》いて待った。

「ご免なさい」

「いや。それで、うなぎを食べたあと、また駕籠に乗ったのですね？」

「そう。そのまま、あの鶴亀楼までもどって、あたしはさっさと降りたけど、笠原さまがいつまでも降りてこないし、おかしいと引き戸を開けたら、あれでしょ。もう、驚いたのなんのって」

「え？　引き戸は閉まっていたんですか？」

「閉まってたわよ。あたしが開けたんだから」

「そうなんですか」

では、刺されたあと、笠原は自分で引き戸を閉めたのだろうか。それはおかしな話である。

「うなぎを食べてから料亭に着くまで、おかしな物音とか、声とかは聞きませんでしたか？」

「あたし、お腹いっぱいでうとうとしていたもんで、なにも気づかなかったの。笠原さまも静かだったから、寝ているのかなくらいに思ってた」

「そうですか。じつは、昨日の道順を、もう一度辿ってみたいと思っているのですが、お菊さまもごいっしょしていただけると、ありがたいのですが？」

「いいよ。下手人を捜すためなら、なんでも協力します」

「では、まず、鶴亀楼までお付き合いください」

というわけで、魚之進に麻次とお菊は、両国薬研堀の鶴亀楼へとやって来た。

五

鶴亀楼では、今日もいつもと変わらず、料亭は開いていて、駕籠も出ているらしい。

「こんなときでも商売かい？」

麻次が呆れたように言うと、

「笠原さまのところから、昨日の一件は内密にするようにと厳命されていまして。そうなると、われわれも、ふだんどおりにするのがいちばんなんですよ」

あるじはそう弁解した。

「それで、下手人を捕まえるため、昨日と同じ顔ぶれで、同じ道を辿ってみたいんだ」

と、魚之進は言った。

「なるほど」

「駕籠は出せるかい？ 同じ駕籠かきでだぜ」

「ええと、大丈夫です。ただ、板前は別の駕籠といっしょに出ちゃってますが」

「じゃあ、それは仕方がないな」

「ただいま、駕籠を用意します」

あるじはそう言って、いったん奥に引っ込むと、駕籠を店の前に出してきた。

「さ、どうぞ」

「では、お菊さんが乗り込んで」

魚之進がそう言うと、

「大丈夫です。二挺出せますよ」

と、あるじがへつらうような笑みを浮かべて言った。

「そうなの」

ということで、もう一挺には魚之進が乗り込んだ。なんだか、凄い贅沢をするような気分である。

乗り込んだ魚之進に、

「月浦さま、これを」

と、あるじは包みを手渡した。

「弁当かい？」

「親分の分も入れて、三人前ありますので」

「そんな代金は払えないよ」

確か、代金は三両だったはずである。駕籠が二挺だけだとしても、六、七両は下らないだろう。そんな金は、奉行所も出してくれるわけがない。

「代金なんて結構です」

「そうはいかないよ」

つねづね、調べのときでも、代金を払っている。町人にたかるようなことはしたくないし、そうしないと隠密の行動もできないのだ。

「やっぱり、おいらは歩くよ。それと、弁当も一人分でいい」

と、魚之進は言った。

「まあまあ。これも、下手人を見つけるための手がかりじゃないですか。弁当の中身は同じですから」

そこまで言われたら仕方がない。

「じゃあ、ごちそうになるよ」

「よし、出発しておくれ」

あるじは駕籠かきに命じた。


まずは両国橋を渡ると、右手に曲がり、竪《たて》川沿いに東に進んだ。河岸で働く人や、道を歩く人たちが、いつもとは違った感じで見える。自分が、一段高いところから見下す気分に近い。じっさい、こういうものに乗り慣れると、そんな気持ちになってしまうのではないか。

大横《おおよこ》川と交差するところに架かる北辻《きたつじ》橋を渡って、さらに東へ向かう。

十間《じっけん》川と交差する旅所《たびしょ》橋の手前で、ようやく左に折れた。

まもなく駕籠が止まった。

前の駕籠からお菊が降りて来て、

「昨日は、このあたりで、そろそろお弁当を召し上がってくださいって言われました」

と、告げた。

「そうか。じゃあ、おいらも食べてみるが、麻次は困るな？」

「では、あっしはここで食ってから、走って追いつきますよ」

「そうしてくれるか」

駕籠はのろのろ進むので、麻次が追いつくのは、そう難しくない。

魚之進とお菊がふたたび駕籠に乗り込むと、駕籠はゆっくり動き出す。ここらは、亀戸《かめいど》村や押上《おしあげ》村、小梅《こうめ》村が入り組んだところで、田畑も多い。江戸の郊外で、いかにも鄙《ひな》びた景色がつづく。

そんな景色を見ながら、魚の煮つけ、卵焼き、かまぼこ、昆布巻き、ごぼうのきんぴらなどが、きれいに収まった弁当を食べる。上品な味つけで、しょっぱ過ぎたり、甘過ぎたりといったこともない。いかにも料亭の味である。

ちょうど弁当を食べ終えたころ、また駕籠が止まった。

「同心さん。昨日もここで止まって、そこの寺でお茶を飲んだの」

お菊が指差したのは、萩の名所として知られる柳島村の竜眼寺《りゅうがんじ》である。

「そうか」

おそらくそこらの手配は板前がやったのだろうが、今日は魚之進が自ら寺の坊主と交渉して、茶室に入れてもらった。

「そうそう。この部屋でした」

お菊は障子を開け、外の景色を見て言った。

もちろん、いまは萩の季節ではないが、手入れの行き届いた庭は、冬枯れの佇《たたず》まいでも美しい。

小坊主が運んできた茶を飲み、厚く切った羊羹《ようかん》も味わう。

「こんな贅沢は、これが最後ね」

お菊はさばさばした口調で言った。

魚之進が黙っていると、

「でも、どこかいいお妾口《めかけぐち》でも見つかったら、そうでもないか」

そうも言って、返事を待つような顔をしたので、

「おいらは、そうした方面は不調法《ぶちょうほう》なんだよ」

と言うと、

「同心さん。面白い」

お菊はけらけらと笑った。

茶を飲み終えて、駕籠にもどり、三度、出発である。駕籠かきたちも、ここでしばらく休息し、用意してきていた弁当もつかったらしい。

今度は北十間川から源森《げんもり》川沿いに進み、大川にぶつかって左に折れた。

大川の悠々たる流れを眺めながら、駕籠に揺られている。

――ほんとに贅沢だ。

ふだんの気疲れなども消えていくような気がする。

――でも、これは魔食とは言えないな。

とも思った。ただの贅沢で、魔味はない。

そんなことを考えていたら、また駕籠が止まった。

お菊が急いで降りてきて、

「同心さん。ここだよ、ここ」

「ここ？」

駕籠を降りてみるが、とくに景色が美しいというほどではない。道のわきがちょっとした空き地になっている。背後は人けのない家で、川沿いに植えられた桜が、雷にでも撃たれたらしく、途中で切断されていた。わざわざこんな場所に駕籠を止めたのは妙な気がする。

「ここで、釣りをしている人から、板前がうなぎを買い上げてきて、その場で割き、持って来た七輪で焼き上げると、食べさせてくれたの」

「ここで？」

「そう。あたしたちは、駕籠に座ったまま、焼き上がるのを待ち、それで食べたんだけど、おいしかったよ！」

「ふうむ」

と、魚之進は腕組みし、

「そのあいだ、あんたたちはどうしてたんだ？」

駕籠かきたちに訊いた。

「あっしらは、そっちの土手の下で休んでました。そうするように言われてますのでね」

「いつも、ここでうなぎを食うのかい？」

「いや、いつもは源森川のあたりで、釣り人から魚を買い上げてましたね」

「魚はうなぎが多かったのかい？」

「いいえ、ここんとこは、ほとんど鯉《こい》か、鮒《ふな》でしたね」

「なるほどな」

魚之進はそう言って、しばらくこのあたりをうろうろ歩き回ってみた。

川の端《はた》から、土手を見上げていると、

「旦那。どうかしましたか？」

麻次が訊いてきた。

「うん。なんか変な気がするんだ」

「変ですか？」

「駕籠かきたちがいつもは源森川のところに止めていたんだろ。なんで、昨日だけ、ここに止めたかだよ」

「昨日はあっちに釣り人がいなかったってことは？」

「なるほど」

魚之進はうなずき、

「昨日は源森川のほうに釣り人はいなかったのかい？」

と、土手の上の駕籠かきに訊いた。

「どうでしたかねえ。あっしらは、そこらはあまり気にかけねえもんで」

「だよな」

魚之進は納得し、それから土手の途中で、枯れずに残っている草をむしっていたお菊に、

「ここからはもう、料亭まで、どこかに立ち寄ったり、止まったりということはなかったんだよな？」

と、訊いた。

「うん、そう」

お菊はこっちを向き、この世で起きることはぜんぶ見たというような顔でうなずいた。

六

暮れ六つ過ぎ——。

すっかり疲れて役宅に帰って来ると、刀をおのぶに手渡しながら、

「今日は駕籠に揺られっぱなしだったよ」

と、魚之進は言った。

「あら、いいわねえ」

「よくないよ。逆に、腰や尻が痛くなった」

「揉《も》んであげようか？」

「え？」

「ほら、うつ伏せになって」

「そうか。悪いな」

魚之進は素直に、茶の間にうつ伏せになった。

「ここでしょ、ここ」

おのぶは腰に両手の親指を当てると、強く押し始めた。

おのぶは、薙刀《なぎなた》と柔 術《じゅうじゅつ》は免許皆伝だが、武芸者の多くがそうであるように、揉み療治にも通じている。

「ああっ。いい気持ちだ」

「でしょう。でも、なんだって、一日中、駕籠に？」

「じつはさ」

と、揉んでもらいながら、駕籠のなかの殺しの件を語った。

「それで、中野石翁さまに、お前が調べろと言われたのさ」

「あの中野さまに？」

「そう」

「それは重荷だね」

名誉なことなんて言わないでくれたのは嬉しい。実際、ひどく重荷なのだ。

「ただ、駕籠に乗りながら、料亭の弁当を食べるという余禄はあった」

「どうだった？」

「うん。おいしかったよ。景色を見ながら、駕籠に揺られて弁当をつかうというのは、贅沢なものだな」

「でしょうね」

「ただ、解《げ》せないことが出てきたんだ」

「どんなこと？」

おのぶに、今日の道筋を教え、

「大川に出て、しばらく進んだところで、うなぎを釣ったのを買い取って、捌いて、焼いたというんだよ」

「それが変なの？」

「変だね。だいたい、いまどきは、うなぎはなかなか釣れないいんだよ」

「そうなの？　この前、あたし、釣ったよ」

「あれは、おいらが教えた釣り場で釣ったんだろ？」

「そう。茅場町《かやばちょう》の掘割《ほりわり》で」

「あそこは、めずらしく冬でもうなぎが釣れるところなんだ」

「なあんだ」

魚之進も、暇なころはずいぶん釣りをしていて、特におかずになるうなぎ釣りには、ずいぶん熱中したものだった。その穴場も、苦労して見つけ、親友の本田にもないしょにしていたくらいなのだ。

「うなぎというのは、寒くなると、穴の奥でじっとしてるみたいなんだ。うなぎも冬眠するのかもな」

「だったら、釣れたのを買い取ったというのは変だね」

「そうだろう。しかも、真っ昼間だぞ」

「ああ、うなぎは夜、動き出すんだよね。あたしも、釣れたときは、暮れ六つ近くになってからだったもの」

「そうだろう」

「ふうん。面白そうだね」

おのぶの目が、雨がぽつぽつ降り出したときのカエルのように輝き出している。

「もしかして、行く気じゃないだろうな？」

「明日あたり、大川の景色を見たいなあって思ってたの」

「嘘つけ」

「でも、見に行くくらいはいいでしょ？」

「そうだな」

おのぶが見ると、また、新しいことがわかるかもしれない。

七

翌朝早く——。

魚之進は、おのぶとともに、大川沿いの、笠原たちがうなぎを食べた場所にやって来た。

朝飯用の握り飯持参である。おのぶは、ちゃんとおやじの分の朝飯も握って、置いてきてある。

「寒いな」

白々とした川面《かわも》を見ながら、魚之進は言った。

昨日のように晴れてはおらず、空の半分は雲に覆われている。こんな日は、駕籠のなかも寒くて、弁当のおいしさも違ってくるのではないか。

だが、おのぶがつくってくれたおにぎりを、土手に腰かけて食べると、昨日の弁当に負けないくらいおいしい。

「景色もそんなによくないね」

と、おのぶは言った。

「だよな」

「わざわざここで食べさせるのは変だよ」

「しかも、そこで釣りをしていた人から、釣れたばかりのうなぎを譲ってもらったというんだからな」

「どれどれ」

おにぎりを食べ終え、おのぶは土手から川の縁まで降りた。

「おい、気をつけろよ」

と、言いながら、魚之進も川の縁に立った。今日は、岸辺に釣り人はほとんどいない。

「ほら、見てみな」

魚之進は川の底を指差した。

このあたりは一帯が浅瀬になっている。

「うなぎが潜り込むようなところはないだろ」

「ほんとだね。ということは、最初から生《い》け簀《す》のうなぎを用意しておいたとか？」

「そうだよな」

「うなぎを買い上げたのは、板前？」

「そう。つまりは、板前もぐるだったってこと」

「なるほどねえ」

おのぶは、魚之進より先に土手を上って、もう一度、周囲を見まわした。

土手沿いの道がつづくが、うなぎを食べたという場所は、少し凹んだかたちの空き地になっていた。小さな家が一軒分ほどだろうか。

ここをぐるりと、サザンカの垣根が囲んでいた。花の季節はきれいだろうが、いまはまだ咲いていない。

「おのぶ、どうした？」

「魚之進さん。そっちで知らんぷりをしていて」

「え？　なにするんだ？」

「いいから、いいから」

おのぶはサザンカの葉をかきわけてなかをのぞいた。これは、武士がやっていたら、さすがにまずい。

しばらく観察したあと、おのぶは手招きして、

「家は、商家の別荘とか、隠居家みたいね」

「誰かいたか？」

「ううん。板戸が閉まっていて、いまは誰もいないみたいよ」

「ふうん」

「だいたい、ここで調理するってことがおかしいわよ」

「そうか？」

「ほら、うなぎって血に毒があるから、よく洗ったりするのに、水がいるでしょうよ」

「あ、そうだよ」

以前、うなぎの血を使った事件を解決したこともある。

「井戸はあっちにあるが、ここからは遠いよ」

「ほんとだな」

「しかも、こんなよその家のわきでやったら、ふつうは煙が嫌がられるし、火事の心配だってある」

「この家は？」

「怪しいよね」

「ああ。あとで麻次に探ってもらうよ」

「おそらく、ここが殺しの現場だね」

「そう思うか？」

「うん。うなぎを食べて、満足して駕籠に乗り込んだところを、垣根の向こうにいた曲者《くせもの》がグサッとやったのかも」

おのぶは槍を突き出すような恰好をして言った。

「駕籠の戸は閉められていたらしいんだ」

「グサッとやるのを見届けて、板前がサッと戸を閉めたんだよ」

「駕籠かきたちは、まだ土手のほうで休んでいたからわからないか」

「お菊さんて人も、別の駕籠に乗り込んでしまえば、まさかそんなことが起きようとは思っていなかっただろうし」

「そういうことか」

おのぶとのやりとりで、ずいぶんようすが見えてきた。

八

おのぶと別れ、いったん奉行所に行って、麻次と打ち合わせをすると、魚之進は鶴亀楼で板前の庄吉《しょうきち》を見張ることにした。

庄吉は、歳は三十半ばくらい。背は低いが、がっちりした身体つきで、板前というより、大名行列の奴《やっこ》さんが似合いそうである。

魚之進は、調理場が見える部屋に入れてもらい、障子戸の隙間から、仕事ぶりや顔つきなどを盗み見させてもらうことにした。悪事をなした者は、たいていが落ち着きをなくし、おどおどした顔つきになる。

庄吉は、料亭駕籠の料理専門でやっているらしく、ほかの板前たちとは離れたところで、働いていた。

いまは、卵を焼いている。なかに梅酢に浸けたショウガを刻んで入れたようだ。なかなか細かい技も使っている。

「どうです?」

と、あるじが心配そうにようすを訊きに来た。

詳しいことは言わずに、庄吉を見張らせて欲しいとだけは言ってあった。

「うん、一生懸命働いているみたいだ」

「働きぶりは悪くないですよ」

「ここは長いのかい?」

「いいえ、ふた月ほど前からです」

「それまではどこに?」

「よくわからないのです。じつは、老中の水野《みずの》さまから、面白い板前がいるので、会ってくれと紹介されまして」

「ご老中の紹介か……」

であれば、断わることはできないだろう。

「水野さまは、ここにはよく来られるのかい?」

と、魚之進は訊いた。

「ええ。よく、ご利用いただいています」

「どういうお方なんだい?」

「そうですね、水野さまはいろいろ食べものにも探求心がおありで、魔食会というお仲間にも加わっておられますよ」

「魔食会に……」

「魔食会はご存じで？」

「うん。詳しくは知らないけどな」

「面白い会みたいですな」

魔食会は、とくに秘密にしているわけではないのだ。ただ、誰でも入れるという会ではないだろう。

「水野さまと中野石翁さまは親しいのかな？」

「水野さまと中野さま？」

あるじは、なぜ、そんなことを訊くのかという顔をした。

「うん。おいらは、偉い人たちの交友はなにも知らないのでな」

できるだけ、なにげない調子で言った。

「もちろんお二人は、面識もおありだし、どちらも魔食会のお仲間で、親しくされているみたいですよ」

「そうか」

「じつは、料亭駕籠という商売を持ち込んだのは、庄吉だったんですよ」

「そうなのか」

「それで、やってみることにしたのです。最初は、流行るかどうか心配だったのですが、ご存じのような大繁盛です」

「庄吉は、江戸者かい？」

「上方から来たとは言ってましたが、どうも料亭で修業したというよりは、武家の台所で働いていたみたいな気がします」

「武家の台所？」

「いい味は出すのですが、ちょっと包丁捌きが雑でしてね」

「雑？　卵焼きに梅酢に浸けたショウガを刻んで入れていたみたいだが？」

「ああ、それはあたしが教えたのです。あれが最初につくったのは、ただ卵を焼いただけのものでした」

「そうなんだ」

武家の料理人だとすると、その雇い主が知りたい。

「庄吉は、いままで笠原さまと会ったことはあるのかい？」

「どうでしたか。あれは、駕籠のほうしかやっていませんので、駕籠に乗った客しか知らないと思いますが」

「なるほど」

「庄吉は怪しいのですか？」

「まだ、わからない」

「まさか、あれが笠原さまを殺したので？」

「直接は、やっていないだろう」

「というと？」

「…………」

黙ってあるじを見返した。まだ、迂闊《うかつ》なことは言えないのだ。

そこへ、麻次がやって来た。

「どうだった？」

あの、サザンカの垣根に囲まれた家のことを探らせたのだ。

「ええ、近所の者や、番屋の町役人に訊いたところでは、あの家は、いま、誰も使っていないそうなのです」

「そうか」

「元々の持ち主は武士で、数年前までは旗本の隠居家みたいだったそうです」

「ふうむ」

「ただ、近ごろはときどき、何人かの武士が出入りしているみたいだったそうです」

「なるほどな」

「わかったのは、いまのところ、それくらいです」

「うん。そんなこととは思ったよ」

たぶん、そのあと、譲ったり買ったりがあって、いまは持ち主も当人以外にはわからなくなっているのではないか。そうした家は、とくに郊外には少なくないのだ。

「こっちはどうです？」

と、麻次は訊いた。

「あいつが、ぐるだってことは間違いないな。だが、背後にいる者はわからない」

「まだ見張りますか？」

「うん。替わってくれ。おいらは、ここまでわかったことを、中野さまに報告してくるよ」

そう言って、魚之進は向島の寺島村に向かった。

ここまでのところを中野石翁に話すと、

「水野さまの紹介となｌ」

と、首をかしげた。

「…………」

魚之進は、黙って中野石翁の表情を窺《うかが》っている。迂闊なことは訊けないし、中野にしても言えないはずである。いくら上さまの信頼が厚いとはいえ、中野の身分はしょせん旗本で、大名の水野とは格が違う。

「水野さまとは親しくさせていただいている」

と、中野は言った。

「そうですか」

「水野さまがわしをどうこうしたいとは思えぬ」

「はい」

「だが、やはり狙われたのは、笠原ではなく、わしだろう」

「そう思います」

「庄吉という者を締め上げても、どこまでわかるか」

「ですが……」

それをするしかないのではないか。それにもう少し見張れば、尻尾を現わすはずである。

「それより、わしが料亭駕籠に乗ってみようではないか」

と、中野石翁は言った。

「それは、お止めになったほうがよろしいかと」

あまりにも危険過ぎる。

「なあに、大丈夫だ」

「ですが」

「鎖帷子《くさりかたびら》を着込む。それに、護衛の者をさりげなく歩かせよう」

「さりげなく？」

「なにげなく歩かせ、ときおり交代させて、怪しまれぬようにする」

「なるほど」

「こういうときは、誘い出すのがいちばん手っ取り早いのさ」

「そうでしょうか」

「それに、わしもずっと警戒して暮らすのは面倒じゃ。びくびくしながら暮らすのは性に合わぬ。いっきにカタをつけてしまおう、月浦」

「は」

中野石翁がそこまで言うなら、魚之進が断われるはずがない。

九

こんな大変なことを、上司に相談もせずに話を進めることは、魚之進の立場でできるはずがない。まずは、与力の安西佐々右衛門に報告し、さらに奉行の筒井和泉守に報告してもらった。

話を聞いた筒井は、

「中野さまのご意思なら仕方あるまい。だが、町方としても、万全の方策を取る。隠密同心を総動員して、駕籠の前後を警戒させよう」

「ありがとうございます」

「狙われる場所は、笠原どのがやられた場所か？」

「おそらく、あそこかと。あとは、人の目がありますから、逃げるのも難しいはずです」

「では、そこにも配置しよう」

「中野さまのご家来衆も警戒に当たるはずですので、それで万全かと」

槍を持った者が近づいたとき、すぐに駆け寄ることができれば大丈夫なはずだった。

二日後――。

中野石翁は、鶴亀楼の料亭駕籠に乗り込んだ。萩乃《はぎの》という側室が、もう一挺の駕籠でお伴をすることになった。

それに、護衛の武士がつかないわけがない。三人の屈強な武士が、駕籠の前後をついて行く。

昼前に鶴亀楼を出た。駕籠かきは、この前と同じ四人で、それに板前の庄吉が付き添っている。庄吉の顔は、やはり緊張しているように見える。この前の襲撃が人違いだったことは、わかっていて、今日こそが、庄吉にとっての本番なのだ。

魚之進は、しばらくは駕籠のかなり先を進んで、道々に配置された隠密同心からようすを訊いていた。

皆、「怪しい者は見ていない」という返事である。

それから麻次に、サザンカに囲まれた家のようすを見に行かせ、自身は源森川の土手を往復して、ようすを窺った。源森川のほとりには、何人もの釣り人が出ていた。

もしかしたら今日は、こっちに敵の仲間がいるのかもしれない。

そろそろ、駕籠のなかの中野石翁も、弁当を食べ始めるころである。

そこへ、麻次がやって来た。

「旦那。やはり、あの家には誰もいませんぜ」

「なかを確かめたのか？」

「ええ。こんなときなので、泥棒まがいのことをさせてもらいました」

「おかしいな」

中野石翁が、今日、料亭駕籠に乗ることは、前日に庄吉にも伝えてもらっている。連絡を受けた襲撃者は、おそらく前夜からあの家に泊まり込んで、襲撃の用意にかかっているだろうと、魚之進は踏んでいた。

「いまから入るのでしょうか？」

「いや、そんなぎりぎりの動きはないだろう……となると、襲撃場所が変わったかもしれないな」

「すると、こちらも警戒するところを変えないとまずいですね」

「ああ」

魚之進は、急に焦りを覚えた。道順を頭に描いてみる。

いまは、弁当も食べ終えたころだろう。

「あ」

閃いた。なぜ、あそこを見落としていたのか。

「どこです？」

「警戒がいちばん手薄なところだ」

「そんなところがありますか？」

「寺社方の支配地だよ」

「竜眼寺、萩寺ですか」

「まずい。行くぞ、麻次！」

二人は駆けた。

竜眼寺の本堂の前には、中野家の家来三人が立っていた。

「中野さまは？」

「御前は、なかの茶室だ」

「茶室？」

「御前がいらしたということで、特別に茶室のほうに通された。わしらは、ここで待てということでな」

「なかは確かめましたか？」

「茶室のなかか？　いや、そこまでは」

「まずいです。茶室はどっちです」

「そっちだ」

中野家の家来も慌ててついて来た。

「そこだ」

風雅な造りの小さな建物を指差した。

その前に、庄吉が立っていて、魚之進たちが近づくのを見ると、顔色を変えた。

「中野さまはなかか？」

魚之進が訊くと、

「町方です！」

と、いきなり大声を上げた。

「麻次、庄吉を捕まえろ！」

そう言って、茶室に近づいた。

「どこに入口が？」

茶の湯などやったことがないので、茶室のつくりがわからない。

「そこがにじり口だ！」

中野家の家来が言った。

「にじり口って?」

「そこそこ」

猫の出入り口みたいなところを指差した。

「ここ?」

とまどっていると、そのにじり口が開き、中野石翁が顔を出し、

「どういたした?」

と、訊いた。

「中野さま。早くご退室を」

そう言って引っ張り出そうとしたとき、

「むふっ」

中野石翁は呻《うめ》きながら転がり落ちてきた。

「大丈夫ですか?」

「槍で突かれたようじゃ」

「なんと」

「大丈夫だ。鎖帷子の上からだ」

危ないところだったのだ。

「なかに敵が！」

そう言ったとき、茶室の裏手から、槍を手にした若い武士が、ずんずんとこちらに接近してきた。

「神妙にしろ！」

魚之進は十手を構え、中野家の家来たちも抜刀して、武士を取り囲むようにした。

武士が動いた。

なんと、槍先が向けられたのは、麻次が捕まえていた庄吉だった。

「うわっ」

庄吉は胸を刺され、血を撒《ま》き散らした。

さらに、引き抜いた槍をこちらに向けてきた。

「斬らずに、捕縛を」

魚之進はそう言ったが、武士は槍を振り回しながら接近してくる。

「とあっ」

鋭い突きが、中野家の家来を襲う。が、こちらもかなりの剣の遣い手を揃えたはずである。突きをかわすと、踏み込んで、敵の腕を斬った。

「うぉお」

武士は吠えるように、中野石翁に向かった。

「危ない」

魚之進が咄嗟に十手を武士めがけて投げつけた。

「うっ」

十手は武士の顔に当たって、突進の勢いが落ちた。

そこへ、中野家の家来三人が斬りかかっていく。

「斬らずに捕縛を」

魚之進がもう一度言ったが、すでに遅い。

武士はたちまち三人の刀で斬り刻まれ、血まみれになって倒れ込んだ。

「ああ」

これで、背後にいたかもしれない者の正体はわからなくなってしまった。

しかし、この場合は、中野石翁の命を守ることが大事で、致し方なかったかもしれない。

「なにをなさいますか。ここは境内《けいだい》ですぞ!」

寺の僧侶が飛んで来て喚いた。

「やかましい。ここで、中野石翁さまが暗殺されそうになったのだぞ。寺のなかに仲間がいるのだろう！」

中野家の家来が怒鳴りつけた。

「中野石翁さまが……」

萩寺の僧侶たちにも、名を知られているのだ。

「よい。騒ぐな。すまぬことをした。あとで詫《わ》びに参るが、後片づけを頼む」

中野石翁は丁重にそう言って、僧侶に頭を下げた。

それから中野は魚之進を見ると、

「おかげで助かった」

と、礼を言った。

「いえ。それよりも、黒幕を明らかにすることができませんでした。申し訳ありませせん」

魚之進が詫びると、中野石翁は苦笑して言った。

「なあに、どうせ次があるだろうから、そのときには頼む」

第三話　食い合わせそば

麻次とともに魚之進が江戸《えど》橋のたもとにやって来ると、またしても行き倒れを囲む人だかりにぶつかった。

一

今度は、二人並んで、木陰でこと切れていたらしい。

「夫婦者だよ」

「骨と皮だけになってたぜ」

「互いに手を握っていたのは哀れだったねえ」

「江戸じゃ食いものが余ってるのにな」

などという噂話も聞こえた。

町役人たちが、すでに荷車に遺体を乗せていたので、魚之進はとくに声をかけなかった。亡くなる前ならまだしも、もうどうしてやることもできないし、つらくなるだけである。早く街道筋に、炊き出しをするところを増やしてやりたい。じつは、今日もその件で、駒込《こまごめ》の大店二軒に協力を依頼してきたところだった。

「可哀そうに」

という声がしたので、横を見ると、見覚えのある男――。

「深海さま」

久留米藩の江戸詰めの重役で、魔食会の深海慶三郎だった。

「おう、味見方の月浦か」

「あれをご覧になっていたので？」

「うむ、行き倒れだな」

「ええ。このところ多いですね」

「奥州では冷害がひどかったみたいだな」

「久留米藩は大丈夫ですか？」

「今年はなんとかな。だが、当藩も漫然とはしておられぬのさ。冷害は滅多にないが、秋の颶風《ぐふう》に襲われることはしばしばでな、水害に悩まされているのだ。そんな年は、ひどい凶作になってしまう」

「そうでしたか」

「だから、わしは米に頼らずとも、いざというときに食えるものをもっと増やすべきだと思っているのさ」

「それで鯉ですね」

高輪《たかなわ》にある久留米藩の下屋敷の池では、観賞のためでなく、食うための鯉をいっぱい飼っているのだ。

「鯉だけではないぞ。山に行けば、食えるものはもっと見つかるはずなのだ。例えば、どんぐりだ」

「どんぐりですか？」

子どものときは、竹ひごを刺して、独楽《こま》をつくって遊んだ。栗と違って、あれを食えるものと思ったことはない。

「そうよ。山や森に行けば、いくらでも落ちているどんぐりを、採って保存しておく者など誰もおるまい。だが、あれは工夫すれば、立派な食いものになる。どうも、米をつくる前の、大昔の人間はそれを食っていたらしいぞ」

「米をつくる前……」

確かに、みんなで田植えをして稲を育てることをしなかったころもあるのだろう。そのとき食べていたもので、いまは食べなくなったものもあるはずである。

「でも、深海さま。どんぐりは虫が湧いているものも多いですよ」

あのなかに、白いうじ虫みたいなやつがいて、なかを食い荒らしていたりするのだ。それを見分けるため、どんぐりを振って、音を聞いたりした覚えもある。

「いるな。それが嫌なら、取り除けばよいだけではないか。それに、あの虫はどうも、食えるらしいぞ」

「食えるんですか、あれが？」

「じっさい、信州あたりでは食う地方もあるらしいな」

「へえ」

信州といったら、海のない国である。その分、江戸あたりとは食べるものが違って当然だろう。

「だいたい、虫にも食えるものはいっぱいある」

「ああ、イナゴですね」

イナゴの佃煮は食ったことがある。滋養があるという人もいるくらいだ。

「イナゴだけではない。セミやバッタも食えるぞ」

深海がそう言うと、後ろで麻次が小さな声で、「うえっ」と言った。

「セミやバッタ……やっぱり、佃煮に？」

「いや、羽根や足をむしって、そのまま食べる」

「生でですか」

「もちろんだ」

「げっ」

「わしも試しに食べたぞ。味はなんとなくエビに似てるかな」

「エビに……」

深海の話を聞いていたら、食べてみたくなってきた。

「セミやバッタを食えるときに食っておけば、その分、米や粟などは冬に向けて保存しておけるだろうよ」

「なるほど」

「これは魔食とは言えぬ、いわば変食だな」

「確かに！」

「わしは、いま、〈変食論〉というのを書物としてまとめようと思ってな」

「それはいいですね。おいらも、そういうことにはずっと関心がありまして、協力できることがあれば、ぜひ協力させてください」

今度、葛飾《かつしか》あたりの百姓とか、漁師たちにも話を聞いてみたい。市場には持って来なくても、自分たちは食べているというものは、ぜったいあるはずなのだ。

「そうか。頼むよ」

「ところで、クジラの活きづくり以来、魔食のほうはなにか召し上がりましたか？」

深海はなんでも食う人である。

とくに、四つ足はすべて食ったと豪語している。

「どっぷり汁というのがあってな。話を聞いたときは、もう止めているとのことだった。あれは面白そうだったがな」

「おいらは食べました。ただ、どっぷり、なかに浸かることはしませんでしたが」

「どうだった？」

「うまかったです。牛の肉をとろとろに煮込んだうまさでしたよ」

「だろうな。それと、面白いものを食ったぞ。あれは魔味、魔食として魔食会の仲間に推薦してみたいな」

「どんな食いものなので？」

魚之進は、魔食会には入れてもらえずにいるが、魔食には大いに興味はある。

「食い合わせそばというものでな」

「食い合わせそば？」

そんなものは初めて聞いた。

「そばにうなぎと猪肉《ししにく》をのせ、梅酢の冷たい汁で食うのだ。うなぎと梅干し、そばと猪は食い合わせが悪いと言われるわな」

「よく聞きますね」

「これはそれらをさらに掛け合わせたわけだ」

「凄いですね」

江戸っ子は、食い合わせの害というものを信じている。子どものころから言い聞かされたし、暦《こよみ》の隅にも教訓とかことわざみたいに書いてあったりした。ほかに、蟹《かに》と柿《かき》や、天ぷらと西瓜《すいか》が悪いとは、よく言われる。

「さすがに、わしもいささか怖れをなした。だが、つくった者が自ら食ってみせたので、よし、食ってみようという気になった」

「それで、味は？」

「これが素晴らしくうまかった」

「どこで食べられるので？」

俄然《がぜん》、食べてみたくなってきた。多少、恐いもの見たさというところもある。

「そば屋では無理だ。考案したのは、赤坂《あかさか》の溜池《ためいけ》近くに住んでいる、食通の医者の坂《さか》本丘庵《もときゅうあん》という男でな」

「医者が？」

「その者が言うには、食い合わせなどまったくの迷信で、むしろ、贅沢を戒めるためにできた言い習わしなのではないか、とのことだった」

「へえ」

魚之進も、薄々そう思ってきたので、医者が太鼓判を押しているということで、ますます興味をつのらせたのだった。

二

奉行所から、本田といっしょに帰りながら、食い合わせそばの話をすると、

「そりゃあ、駄目だろう」

と、竹光《たけみつ》で捕り物に行く相談でもしたみたいに、即座に言った。

「やっぱり駄目かね」

「食い合わせについては、昔から言われてきたことだぞ。ということは、それでひどい目に遭った人がいっぱいいるってことだ」

「そういう考え方もあるけどな」

本田は意外に伝統を重んじる男なのだ。

「だいたい、うなぎと梅干しって、想像しただけでも、腹にこたえそうだろうが」

「そうかなあ。うなぎのあとで梅干し茶かなんか飲んだら、さっぱりするんじゃないか」

「ん？　なるほど」

想像したら、本田もそう思ったらしい。伝統は重んじるが、他人の意見にもろく崩れやすいのだ。

「だったら、お前、食い合わせそば、つくってみたらどうだ？　材料がわかるんだから、お前ならつくれるだろう？」

魚之進は、そそのかすように言った。

「そりゃあ、つくれないことはないが、猪肉はどうする？　お前、いまから両国のももんじ屋まで買いに行くのかよ」

「両国まで行かなくても、比丘尼橋のたもとに、ももんじ屋があるだろう」

のちに歌川広重《うたがわひろしげ》が『名所江戸百景』のなかに、雪のなかの佇まいを描いて有名になる店である。ただし、両国のももんじ屋は、令和のいまも現存するが、生憎《あいにく》とこちらは残っていないようだ。

「そうだったな。うなぎ屋は途中に何軒もあるか」

「ああ。うなぎと猪肉はおいらが買っていくよ」

「そうしてくれ。じゃあ、おれは先に帰って、そばを打って、タレをつくっておくから」

本田は以前、そば打ちに凝《こ》ったことがあるし、料理道楽だから、喜んでつくるに違いない。

京橋のももんじ屋で猪肉の、ちょうど入ったばかりというのを買い、その近くのうなぎ屋で、蒲焼を三串買って、本田の家に来た。

本田は母屋で暮らしていない。庭の掘っ立て小屋みたいなところに、一人で寝起きしているのだ。「母屋は女臭くていられない」のだそうだ。

「そんなに打ったのか？」

そばの量を見て、呆れた。

「いいんだ。うちには、料理嫌いで、腹を空《す》かした女がいっぱいいるから」

「タレもいい匂いだな」

酸っぱい香りが爽やかである。

「梅酢だけでなく、出汁《だし》と醬油も足したからな」

ちょっと指をつけて舐《な》めると、

「うん、いい味だ」

「ちっと、そばをつけて食ってみろ」

箸を使わず、指でそばを三、四本つまんで、タレに浸してすすった。

「おお、これはうまい」

「だろう」

本田は自慢げに鼻をひくひくさせ、

「問題はうなぎと猪肉だ。うなぎはこのままでいいとして、猪肉はショウガで臭みを取りながら焼いて、細かく切ってみるか」

「それはいいな」

飯に載せて食ったら、ぜったいうまいはずである。そばでもまずいはずがない。猪肉を網で焼くと、脂が垂れて、じゅうじゅうと音を立てる。この匂いがまた、うまそうなのだ。こんな匂いがするのに、まずいわけがない。

「よし、焼けた」

と、これを千切りにした。

うなぎは串から外しただけで、それをそばの上に置き、その上から猪肉の千切りを載せた。軽く山椒《さんしょう》も振る。

「うまそうだな」

「うまそうだが、脂はやっぱりすごいな。さあ、月浦、食え」

「おいらだけ？」

「おれは、そばとタレだけでいいよ」

「そりゃあ、ないだろう」

「なんでだよ。おれは、つくるけど、食うとは言ってないぞ」

「つくったやつが、まず食うべきだろうよ」

「そんな理屈はねえぞ」

「…………」

確かにそういう理屈はない。本田はどうも、つくっているうちに、食い合わせが怖くなってきたらしい。そこへ、

「なんだか、おいしそうな匂いがしてるんだけど」

と、見覚えのある女が顔を出した。本田の姉である。

「姉さん、食べる？」

「いいの？」

ちらりと魚之進を見たので、

「この前はどうも」

と、挨拶した。

「この前？」

「化粧のことをいろいろお訊きしました」

「それ、三番目のおつねでしょ。あたしは、四番目のおふね」

「失礼しました」

魚之進は慌てて謝った。とにかく、この家の姉たちは、いずれも想像を絶する気性の持ち主で、怒り方も尋常ではないのだ。

おふねはたちまち食べ終えて、

「おいしいね、これ」

「何を食ったか、わかってる？」

「そりゃあ、わかるわよ」

「なんだよ」

「細く切った肉は言いたくない。でも、わかる」

「それならいいんだ」

「母上たちも呼んでくるわね。こんなおいしいもの、食べさせないと可哀そうだもの」

それから、来るわ、来るわ。本田の家が女系家族とは知っていたが、これほどいるとは思わなかった。

途中で足りなくなりそうになったので、本田はそばを追加で打った。それも食べ尽くされ、魚之進と本田は、結局、そばを少し食べただけだった。

いなくなったあと、

「お前んとこ、姉さん、増えてないか？」

と、魚之進は訊いた。

「ああ、増えてるんだ」

本田は泣きそうになって言った。

「五人姉妹のあとに、うんこのようにおまえが産まれたんだよな」

「その喩《たと》えはよせ」

「でも、姉は五人だろう？」

「五人だったはずが、どうも、おやじが別のところにつくっていて、その人が最近、うちに来ているのだ」

「でも、さっき来てたのは、六人どころじゃないだろう？」

「あと二人は、叔母だよ」

「叔母？」

「一人は亭主に死なれ、一人はどうも莫大な借金から逃げるのに、うちに転がり込んだみたいなのさ。おれも、いつの間に来てたんだとびっくりしたよ」

「凄いなあ」

そのなかに、楚々とした感じの人も、化粧の薄い人も、一人もいなかったというのも凄い。小屋のなかには、猪肉の匂いも消えるほどの、化粧の匂いが満ちていた。

「おれはますます縁遠くなったよ」

本田はため息をついて言った。

確かに本田の気持ちもよくわかる。


次の朝――。

奉行所に出て来た本田に、

「姉さんたち、どうだった？　具合悪くなっている人はいないか？」

と、魚之進は訊いた。

「誰もなんともない。また、つくってくれとさ」

「へえ」

「しかも、あいつらはあれを猪肉だとは思ってなかったみたいだぞ」

「なんだと思ったんだ？」

「最近、鳴き声が聞こえなくなったとか言ってたから、どうも犬の肉と思ったみたいだな」

「そっちのほうが嫌だろうに」

「おれには、あいつらの考えることはわからん」

「でも、やっぱり、毒はないということだな」

と、魚之進は言った。

「じゃあ、おれたちも食うか」

「そうだよ、うまそうだったもの」

「よし。今日も、お前、うなぎと猪肉を買って来てくれ」

この晩、魚之進はたまたま宿直に当たっていたので、晩飯はまた本田のところに行き、二人でしこたま食ったあと、

「いやあ、極楽、極楽」

と、鼻唄混じりで奉行所にもどったのだった。

三

どうやら久留米藩の深海慶三郎が触れ回ったためらしく、食い合わせそばは、魔食会の仲間にもたちまち知れ渡ってしまったらしい。

五日ほどしてから、魚之進は奉行に呼ばれ、

「月浦。そなた、食い合わせそばというのを知っているか？」

と、訊かれた。奉行の部屋の前には、昼飯に取り寄せたらしい、ざるそばのセイロが三枚、空になって置いてあった。近ごろ、食欲が旺盛らしい。

「久留米藩の深海さまから、名前だけは訊きましたが」

「そうか。いま、魔食会の仲間が争うように食っておってな。戯作者《げさくしゃ》の滝川牛石《たきがわぎゅうせき》や、役者の坂東桃右衛門《ばんどうももえもん》も食ったそうだ。滝川牛石などは、それを題材に黄表紙《きびょうし》を書くと言っているらしい」

「そうでしたか」

黄表紙になど書かれたら、たちまち江戸の流行りになってしまうのではないか。

「わしも食った」

「どうでした？」

「確かにあれは魔味、魔食かもしれぬな」

と、筒井和泉守は言った。

「そう思われましたか」

魚之進は、当たり障《さわ》りのない返事をした。本田がつくったやつを食ったとは、なんとなく言いにくい。しょせん、ニセモノなのだ。

「わしが思うに、フグのうまさに似ているかもな」

「フグですか？」

それは意外である。

「うむ。フグには毒があるが、そこを巧みな包丁さばきで取り除けば、絶妙の美味を味わうことができるわな」

要は怖さを感じながら食ったということだろう。

「フグは魔食として認められているのですか？」

と、魚之進は訊いた。

「いや。魔食としては認められていないな」

「なぜです？」

魚之進には、なにが魔食なのか、よくわからない。

「味は淡泊だし、冬の風物詩のように言われているほど、誰もが知っているだろう。魔食というのは、あくまでも誰も食ったことがない味でなければ駄目なようだな」

「では、いままで魔食として認められたのは？」

「正式には、まだ、ないようだな」

「そうなので」

だが、会自体が最近つくられたものらしいから、それは仕方がないのだろう。

「クジラの活きづくりは、久留米藩の深海さんが熱心に押しているが、なにせ食った人が少ないので、判断が難しい」

「どっぷり汁は？」

魚之進が魔食会にいたら、あれは推薦できる気がする。

「どっぷり汁も候補に挙がっているが、あれも食した者が少な過ぎるわな」

「面倒ですね」

「そうだな。だが、だからこそ、食通たちの見果てぬ夢なのではないかな」

「ははあ」

もしかしたら、かつて兄が食べたケイクというものを、完全に再現できたら、あれこそが魔食なのではないか。あんなものがふつうに買える世のなかになったら、幸せなのか、それとも何かがおかしくなってしまうかもしれない。

「だが、食い合わせそばも面白いぞ」

「そうですか」

「細く切ったうなぎと猪肉を、こう箸で混ぜ合わせるようにしてな、そばの上に載せ、梅酢の入ったタレにつけてずずっとな」

うなぎも細く切っていたらしい。

「値も相当するのでしょうね？」

「いや、代金は取らぬのさ」

「タダなんですか？」

それはびっくりである。

「坂本丘庵という医者が、薬になる食を考えるうちに生まれた食いものなのでな、いまは知り合いにだけ食べさせているのさ」

「そうでしたか」

あれが、なんの病に効くのだろう。精はつくはずだから……腎虚《じんきょ》か？　そう思ったら、老齢の功成り名遂げた人たちの、最後のごちそうのような気もした。

と、そこへ――。

ちょうど中野石翁からの使いが来て、

「月浦魚之進どのに来てもらいたいとのことです」

と、告げられた。

「どうしましょう？」

いちおう筒井の判断を仰いだ。

「行かざるを得まい」

「わかりました」

もしかしたら、この前の料亭駕籠の殺しについて、調べの進捗《しんちょく》具合を訊かれるのかもしれない。だが、いちおういろいろ探ってはいるが、これぞという線には辿りついていない。

舟で来ていた使いがもどるのにいっしょに乗り込ませてもらって、魚之進は向島の中野邸にやって来た。

「お呼びだそうで」

と、魚之進は部屋の手前で這いつくばった。

「すまんな、わざわざ来てもらって」

「いえ。こちらこそ、いまだに料亭駕籠の黒幕を突き止めることができずにいて、申し訳ありません」

「なあに、そのうち、また動き出すさ。ところで、わしも襲われるのを怖がって、ここに籠《こ》もっているのが退屈になってきたのだ」

「もう少し外出はなさらないほうがよろしいかと」

この屋敷の周囲は、中野家の家来と町方とで、見張りつづけている。ふたたび動くつもりなら、またここのようすを見に来るはずである。魚之進としては、ことを起こす前に捕まえたい。

「大丈夫だ。いつまでも閉じ籠もっていては、上さまに巷《ちまた》の面白い話をお聞かせすることもできぬわ」

「それは……」

上さまのことを持ち出されては、魚之進はなにも言えない。じっさい上さまは、中野石翁がもたらす巷の話を、きわめて楽しみになさっているらしい。

「月浦。近ごろ、食い合わせそばというのがあるそうだな？」

「もう、お耳に入ったので」

「蛇の道はヘビだろうが。その手の話は、かならずわしの元に届くのさ」

「ははあ」

「面白そうじゃな」

「ええ、まあ」

「そなたは食したのか？」

「いえ、本式のはまだです。同僚が材料を同じようにして、真似してつくったものは食べましたが」

「本式を食わねば駄目だろう。明日、行くぞ」

「は？」

「明日、わしはその食い合わせそばを食いに行くと申しておるのだ。赤坂の溜池近くに住む坂本丘庵と申す者がつくるのだ。月浦、いまから行って、その手配をせよ」

「ええっ」

いきなりの命令である。

それから、魚之進は中野家の家来二人を引き連れて、坂本丘庵のところに飛んで行き、なんとか明日の夕刻ごろにつくってもらうよう手配をした。中野家の家来のほうで、莫大な礼金を手渡したみたいだが、魚之進はそっちのことには関わらないようにしている。

四

翌日の昼過ぎ――。

魚之進は中野家の家来たちと連れ立って、坂本丘庵の家にやって来た。夕刻までは間があるが、早めに入って、料理の手順を見極めるつもりである。何かあっては大変なので、ここで使う材料を確認し、毒見もしたうえで、中野石翁に召し上がってもらわなければならない。

すでに、昨晩からこの家を見張っていた者もいて、

「昨日から、怪しい者の出入りはなかったな」

と、魚之進に告げた。

ところが、玄関を入ると、どうもようすがおかしい。奥のほうで、「なんということ」などと、悲鳴のような声まで聞こえている。

魚之進は、玄関から次の間に入って、廊下にいた中間らしき男に、

「どうしたんだ？」

と、訊いた。

「大変なことが起きました」

「なにが？」

「食い合わせそばを食べている途中、当たってしまったらしく、殿さまが急に苦しみ出し亡くなってしまわれたのです」

「殿さまとは誰のことだ？」

「旗本でお目付をなさっている大貫丹後《おおぬきたんご》さまです」

もはや、中野石翁が食べるどころではない。嬉しそうにやって来た中野の一行の前に立ちはだかり、

「御前《ごぜん》。すぐにお帰り願います」

と、魚之進は言った。

「なんだと？」

「さきほど、食い合わせそばを食べていたお目付の大貫丹後という人が、急に苦しみ出して、亡くなられたとか」

「なんてことだ」

「中野さま、やはり食い合わせそばは危のうございます。屋敷におもどりください。たぶんないとは思いますが、中野さまに食い合わせそばを食べさせようと、画策した

のかもしれませんし」

「その医者がわしを？」

「念のためです」

「わかった」

と、中野は首をかしげながら、引き上げて行った。

魚之進は、奥の部屋に進んだ。そこでは、初老の武士がうつ伏せで倒れ、傍らには昨日、無理を言って今日の約束を取り付けた医者の坂本丘庵が、呆然と、腰を抜かしたように座っていた。

「大貫さまの屋敷には報せたのですか？」

「あ、いや、驚いてしまって……」

魚之進は、廊下にいた大貫家の中間に、

「早く、お屋敷に報せて！」

と、声をかけた。

「ほんとに亡くなったのですか？」

「ええ」

坂本丘庵はうつろな目で魚之進を見たあと、深くうなずいた。

魚之進は、検死はいちばん苦手なものだが、ここは仕方なく、大貫の脈を取り、瞳《どう》孔《こう》が開いているのも確かめた。

「苦しみましたか？」

「急に、これはいかんと腹を押さえられましてな」

「胃痛でしょうか？」

「吐きたいので？　と、訊いたのですが、吐き気はないと」

そう言って、坂本丘庵は傍らに転がっているどんぶりを見た。どんぶりは、すっかり空になっている。

「大貫どのは、食べ過ぎたようです」

「食べ過ぎたといいますと？」

「二度もおかわりをなさいました」

「二度のおかわりですか」

結局は三杯食ったということである。だが、それくらいは、魚之進も本田の家で一度に食ってしまっている。

「やはり、食い合わせが駄目な人はいるのでしょう。あれは強い薬を飲むようなものですから、おかわりなどさせてはいけなかったのです。この料理はもう二度とつくらないことにします」

「なんと……」

これを聞き、魚之進は自分の顔が青ざめていくのがわかった。

大貫家の家来たちが駆けつけて来たのを見届けると、魚之進は急いで奉行所にもどり、本田に告げた。

「おれたち、やばいよ」

「なにが？」

「食い合わせそばで死人が出た」

「なんだって？」

「強い薬を飲むようなものを、おかわりして食ったせいだろうと」

「おかわり？　おかわりどころじゃないぞ、おれたちは」

「だよな」

「だから、おれはあんなものは食いたくねえと言ったんだ。嫁ももらわないうちにお陀仏《だぶつ》かよ」

「すまん」

魚之進も深々と頭を下げて、返す言葉がない。せめて、本田が死んだら、女難から逃れられるよう、うちの墓にでも入れてやろうか。

五

役宅に帰って、刀を渡すとすぐ、

「あれ？」

おのぶは魚之進の顔をのぞき込んだ。

「なに？」

「顔色が冴えないよ」

「わかるか？」

「わかるよ。というより、魚之進さん、わかりやすいから」

心配ごとを隠すこともできないのかと、われながら情けない。

「おいら、とんでもないものを食べたかも」

「なに食べたの？」

「じつは……」

と、食い合わせそばの話をすると、

「なあんだ、そんなこと、心配してるの」

おのぶは一笑に付した。

「だって、じっさいに死んだ人がいるんだぞ。急に苦しみ出して、死んでしまったというんだからな」

「それは、おいしいものを食べた衝撃で、中風《ちゅうふう》の発作を起こしたとか、びくびくしながら食べて、心ノ臓の発作を起こしたとか、そういうんじゃないの。食べ合わせなんて、ぜったいに迷信だよ」

「そう思うか？　ぜったい大丈夫と言えるか？」

「あたし、うなぎと梅干しなんか、何度もいっしょに食べたし、猪そばも食べたことあるよ」

「どこでそんなもの食べたんだ？」

「上方に絵の修業に行ってたとき、お師匠さんが、猪料理が好きで、よく食べてたの。猪鍋《ししなべ》に、そばを入れたりして。それで、弟子もお相伴《しょうばん》に与《あず》かってたってわけ。そうそう、絵も残っているわよ」

おのぶはそう言って、箪笥《たんす》の引き出しから画帖《がちょう》を取り出した。

「ええと、ここだ」

おのぶは、珍しいものを食べたときも絵に残しておいたらしい。確かに、猪鍋にそばが入っている絵が載っている。

ぱらぱらめくると、蟹と柿もいっしょに食べているし、天ぷらと西瓜も描いている。ほかにも、饅頭と沢庵《たくあん》の古漬けとか、ウニとクリもある。こっちのほうがよほど食い合わせが悪そうである。

「どれも大丈夫だったのか?」

魚之進は、啞然とした顔で訊いた。

「まったく平気だったわよ」

カエルの面になんとかという顔で答えた。

「それは、おのぶが特別……」

丈夫なんだと言おうとしたが、

「ううん。ほかの弟子たちも平気だったよ」

「そうなんだ」

安心して、力が抜けたみたいになった。

「でも、その話は変だよね」

と、おのぶは首をかしげて言った。

「なにが？」

「その人がもともとお腹が弱くて、しばらく胃が痛んだりしたというならわかるけど、急に苦しみ出して亡くなったなんて、おかしいよ」

「まさか？」

「毒が入っていたんじゃないの？」

脳天を殴りつけられたような衝撃を覚えた。

「ほんとだ」

なぜ、そこを疑わなかったのか。あのときは、自分も同じものを食べたことに動揺して、それどころではなかった。いまごろ、おのぶに指摘されるなんて、味見方として、いささかだらしがない。

魚之進は、調べを開始することにした。

六

まずは、麻次とともに坂本丘庵の人となりについて、周囲の評判を訊いて回った。

見た目は老けて見えたが、歳はまだ三十半ばほどだという。

いま流行りの蘭方医ではないが、〈医食同源〉を標榜《ひょうぼう》していて、患者の食べているものまで、いろいろと助言をする。

自ら料理をするのも、そこから来ているらしい。

評判は悪くなかった。治療を受けた者に、

「料理まで食わされたら、治療代も高いだろう？」

と、訊くと、

「料理ったって、たいがいは玄米粥ですから。それに、そこらに生えている薬草を入れるんですよ。だから、夜鳴きそばより安いくらいだったね」

「薬草なら、味は駄目だろう」

「それが意外にうまかったですよ」

ただ、気が弱いところがあり、治療の甲斐なく、患者が亡くなったりすると、家族といっしょになってふさぎ込んだりするという。

「治療も熱心にやってくれましたしね」

と、感謝している者も多い。

魚之進と麻次は、聞き込んだ話を検討して、

「そんな医者が、食いものに毒を入れたりするだろうか？」

「あっしも解せませんね」

そこは大きな謎である。


亡くなった大貫丹後についても探ることにした。

まずは、奉行の筒井の暇を見て、大貫について訊いた。筒井も、大貫が食い合わせそばで亡くなったと聞き、衝撃を受けたらしい。魚之進が、毒殺の可能性を指摘すると、

「魔食会の皆も心配しているだろうから、一刻も早く解決してくれ」

と、言われた。

「大貫さまも、魔食会の仲間だったのですか？」

と、魚之進は訊いた。

「まだ、正式な仲間ではなかったが、入会を申し出ていたらしい」

「入会に反対なさっている方がおられたりは？」

「その者がやったというのか？」

「いえ、そういうわけでは」

「うむ。いろんなことを疑うのは大事だからな。じつは、魔食会に入るには、いろい

ろ条件があってな」

「条件ですか？」

「そのうちの一つに、魔食会の仲間が、誰も食べたことがないものを食べていなければならぬというものがあるのさ」

「ははあ」

「わしや、中野さまなどは、そなたのおかげもあって、変わったものを試食する機会があったから、この条件は満たすことができた」

「畏《おそ》れ入ります」

「だが、大貫どのはそこがまだ満たせていなかったので、正式な仲間にはなっておらず、まあ、候補者ということでとどまっていた。そういうこともあって、食い合わせそばに飛びついたのかもしれぬな」

「なるほど。でも、医者の坂本丘庵は評判のいい医者ですし、それが大貫さまを毒殺する理由は見当たりませんね」

「うむ。難しかろうが、なんとか調べを進めてくれ。旗本の不審死ということで、お目付のほうも動き出したらしいな」

「お目付が」

「愛坂桃太郎《あいさかももたろう》という目付が担当だ。そなたも面識があるだろう。困ったときは、相談してみてもいいかもしれぬ。わしのほうからも、一言、声をかけておく」

「ありがとうございます」

町方の同心が、直接、旗本のことは訊けないので、魚之進はなんとか大貫家の中間や、出入りの飯炊きなどに接触することにした。

大貫家には、外から駕籠かきをかねた中間が出入りしていたので、家に帰るところを見計らって、

「よお、大貫さまが亡くなったらしいな。急いで、喪服に着替えて来なくちゃ」

と、声をかけた。

「旦那は?」

渡り中間は、不審げに魚之進を見て訊いた。

「以前、こちらで中間をしていたんだよ」

咄嗟に嘘をついた。

「中間?　それで、いまは、お侍?」

魚之進は、袴《はかま》を穿《は》き、刀を一本だけ差して、いちおう陪臣《ばいしん》ふうの恰好をしている。

「うん。勤務のようすが素晴らしく真面目だというので、同じ目付の愛坂さまのとこ

ろに紹介していただいて、侍になれたのさ」

本人に断っていないが、愛坂の名を出した。これくらいは許されるだろう。

「そうなの」

「だから、恩義があるんだよ。なんで、また、あんないい方が」

「いやあ、大貫さまは近ごろ、食いものに凝り過ぎていたね」

「食いものに凝る」

「変わったものが食べたくてな。おれなんかにも、なにか珍しい食いものはないかと訊いていたくらいだからね」

「身体の具合でも悪かったのかね」

「そんなんじゃねえ。身体なんか、どこも悪くなかったし、逆に、身体に悪くてもいいから、うまいものはないかとおっしゃってたよ」

「でも、食い合わせそばってのは、医者がつくったそうじゃないか?」

「そうらしいな。話を聞いたら、すぐに駆けつけたみたいだ」

「食わされたわけではないのか」

「いや、違うよ」

「医者は前からの知り合い？」

「あの殿さまは丈夫だったから、医者になんかかかっていなかったよ」

「誰に聞いたんだろう？」

「そりゃあ、わからねえ。おれじゃないのは確かだよ」

「ふうん」

魚之進は、さりげなく中間と別れた。

七

本田伝八にも手伝ってもらって、三日ほど、坂本丘庵と大貫丹後について調べて回ったが、二人のつながりは見つからないし、特別怪しいこともなさそうである。

結局、大貫と同じ目付の愛坂桃太郎に相談することにした。魔食会の仲間ではないが、大貫とは親しかったという。

「大貫さまは、誰かに恨まれていたということは？」

と、魚之進は訊いた。

「わしらは始終、恨まれているよ」

「そうですか」

確かに目付というのは、大変な仕事なのだろう。

「大貫が探っていたことを、当たってみるか？　それくらいの気概があるなら、教えてやってもよいぞ」

「お願いします」

「まずは、とある旗本でな。屋敷の女中を次々に手籠《てご》めにしては、無理やり側室にして、その数、なんと三十人という痴《し》れ者でな。これを探っておった。女中の身元を訪ねて、経緯を訊き回るのさ」

「はあ」

「だが、これはおそらく、食い合わせそばとは結びつかぬだろうな」

「そうですね」

三十人のお女中を調べるというのは、魚之進にとってかなりきつい仕事になりそうである。

「もう一件は、旗本の久住助五郎《くすみすけごろう》という者で、お城の留守居役を務めておってな、とくに大奥に入る物資を管理しておる」

「ははあ」

魚之進は、この前まで、上さま暗殺の陰謀を探るため、大奥に出入りしていた。そここには大勢の女中たちが暮らしているので、食糧や薪炭《しんたん》など、消費される物資はかなりの量になっているはずである。

「これはまだ、はっきりしておらぬので内緒にしてもらいたいが」

と、愛坂はそこまで言ってニヤリと笑い、

「まあ、そこまで言えば想像がつくと思うが、横流ししている疑いがあるわけさ」

「…………」

だとしたら、大貫が亡くなれば、大変、都合がいいはずである。

「むろん、大貫のあとを受けて、わしも調べを続行することになった。が、そなたのほうでも調べを助けてくれるなら、ありがたいがな」

「お手伝いさせていただきます」

と、魚之進は言った。というか、そこまで秘密を洩らされたら、手伝わないわけにはいかないだろう。

「それはありがたい」

愛坂はそう言って、もう一度、ニヤリと笑った。

久住助五郎の屋敷は、麴町の紀州《きしゅう》家上屋敷の近くにあった。その門を見ながら、

「というわけで、このお旗本を調べることになったのさ」

と、魚之進は麻次になりゆきを説明した。

「また、大奥に行くことになるので？」

麻次はむしろ、行きたそうに訊いた。

「いや、それはもう無理だよ。むしろ、お城の外の動きを見張るしかないだろうな」

「わかりました」

ということで、見張りを始め、三日後に久住助五郎がお供も連れずに外へ出ると、
赤坂の坂本丘庵の家に立ち寄ったのを確認した。

「これで、二人はつながったな」

と、魚之進は言った。

「でも、大貫さまを殺害したという証拠はないですよね」

「それなんだよ」

とりあえず、評定所を訪ねて、目付の愛坂に相談すると、

「ほう。久住が医者のところにな。そこまでわかれば、もう落とせるだろう」

鼻唄でもうたうような調子で言った。

「これだけでですか？」

「それだけでだよ」

「わたしの身分では久住さまを尋問することなどできませんが」

「医者のほうから落とすのさ」

「ははあ」

「そなたは脅したりするのは苦手みたいだな」

「苦手です」

「人のいいのが町方の同心になっちまったか」

愛坂は苦笑した。

「やはり、なってはいけなかったのでしょうか？」

つねづね自信がないのだ。

「そんなことはない。そういう同心もいなくちゃ駄目なんだ」

「はあ」

「脅すかわりに、じっくり間《ま》を取ることだな」

と、愛坂は言った。

「間ですか」

「芸人も同心も、間が肝心だ」

「芸人も同心もですか」

愛坂に芸人を見下したようすはない。

「相手はだんだん不安になって、根負けしたりするのさ。そこで、自分で語らせることができたら、たいしたものだな」

「ご忠告、ありがとうございます」

自信はないが、やってみるしかない。

麻次とともに赤坂の坂本丘庵を訪ねると、丘庵は子どもの患者を診ているところだった。町人の、それも身なりだって貧しそうな男の子である。ふつう、町人の子どもなど、診療代が心配で医者になどかからない。丘庵は、「医は仁術」ということを実践する、稀《まれ》な医者らしい。

子どもの診療が終わるのを待ち、診察の部屋に入ると、

「じつは、あれから大貫さまの不審死について調べていてな」

と、切り出した。

「不審死なので？　あれは、食い合わせそばに当たったためですが」

丘庵は、魚之進の目は見ずに答えた。

「だが、おいらもおいらなりに、いろいろ調べてみたが、食い合わせなんて、当たるようなものじゃないぜ」

「そうなので？」

「そりゃあ、うなぎに梅干しなんて、胃弱の人は胃もたれくらいは起こすかもしれないが、大貫さまはご丈夫な身体の持ち主だった。食い合わせごときに当たる人じゃない。だいたい、丘庵さんも、もともと食い合わせなど迷信だって言ってたそうじゃないか」

「勉強不足でした」

「そんなことはない。それに、大貫さまの不審死で動いているのは町方だけじゃない。お目付のほうでも動き出しているぜ」

「…………」

「おいらも、いろいろ調べて、あれは毒殺だったんじゃないかと思い始めているのさ」

「毒殺？　そんな馬鹿な」

と言いながら、丘庵の顔は強張った。

「ところで、旗本の久住助五郎さまだがな」

「久住さま」

「知らないわけはないよな。昨日、ここを訪ねたところは見ていたんだ」

「…………」

「久住さまがご病気なら、ふつうはあんたが久住さまのお屋敷を訪ねるよな」

「…………」

「だいいち、久住さまがご病気とは思えない」

「…………」

「なんで訪ねて来たのか、考えてみたのさ」

そこで間を取った。

ここらでしゃべってくれたらありがたいが、丘庵は口をつぐんだままである。

「久住さまは、お城の留守居役の一人でもある」

「…………」

「とくに大奥のことでは、深く関わっておられるらしい」

「…………」

「じつは、わたしはこのあいだまで、役目で大奥をしばしば訪れていた。そこで、台所の責任者でもある八重乃《やえの》さまというお女中とは、親しく話をさせてもらったのさ」

「…………」

八重乃の名を出すと、坂本は上目遣いに魚之進を見た。どうやら、八重乃のことは知っているらしい。

ということは、医者として大奥に上がったこともあるのではないか。

「明日あたり、久しぶりに八重乃さまを訪ねてみようかと思ってな」

そう言うと、丘庵は明らかに動揺した。

落ち着きなく膝を動かし、顔を何度も手のひらで撫《な》でるようにした。

それでも魚之進はなにも言わない。間が大事なのだと言い聞かせた。

「あれは、わたしの診立て違いなどではなかった！」

と、丘庵が上ずったような声で言った。

「診立て違い？」

「あの日は、師匠で御殿医の岡野《おかの》明昌《めいしょう》先生が急病で、わたしが大奥に代診に上がったのです。若い奥女中が腹痛を訴えていました。診察すると、病気ではなく、御子を宿していました。腹痛はそれからきていると診断し、付き添っていた八重乃さまというお女中に、薬はいらないから、しばらく安静にするようにとだけ言って、下がったのです。ところが、そのお女中は、翌日、亡くなってしまったのです。大奥でわたしの責任を問う声が上がったといいます。だが、それをおさめてくれたのが、岡野先生と懇意だった久住助五郎さまでした」

「頭が上がらなくなったわけか」

「ご恩はお返ししなければとは思っていました。そんなとき、わたしが食い合わせそばをつくっていることを知り、大貫さまにご所望いただくという段取りをつけたのです」

「そのときに、渡されたものがあるわけだ?」

と、魚之進は訊いた。

「はい。小さな紙包みでした」

「渡されたとき、これは毒だなとは?」

「思いました。久住さまのごようすもおかしかったので」

「なるほど」

「だが、あれほど急に亡くなるほどの猛毒とは思いませんでした。反応を見ながら、途中で薬を替えたりできればいいと、いま思えば甘いことを考えたものです」

「大貫さまは、食い合わせそばを三杯食べたんだろう?」

「いいえ。あれは、わたしが咄嗟についた嘘でした。召し上がったのは毒を盛った一杯だけでした」

「昨日、久住さまは何しにここへ？」

「わたしもそれはわかりません。ただ、大貫さまの亡くなったときのようすを訊かれました」

「丘庵さんは、あれは毒だったのでは？　と、訊いたので？」

「訊けませんでした。怖くて」

「訊かなくてよかったよ。訊いていたら、いまごろは……」

そこで言葉を止めると、坂本丘庵は激しく震え出した。

「わたしはどちらにせよ、獄門でしょうね」

「それはなんとも」

魚之進は吟味方ではないので、どんな裁きが下されるかは、想像できない。

ただ、獄門を逃れる術《すべ》はありそうな気がする。

「今日、伺った話をお白洲《しらす》ですべて正直に語ってもらえたら」

「島流しに？」

「約束はできないけどな」

「向こうには、いい医者が少ないと聞きました。行けば、あたしのようなものでも、役に立てるかもしれません」

「わかった。おいらも、お目付のほうと相談してみるよ」

魚之進はそう言って、その足で評定所へと向かった。

八

「よくやったではないか、月浦」

愛坂は嬉しそうに言った。

「おかげでわしの手間もずいぶんはぶけた」

とも。

「ですが、坂本丘庵の気持ちを思うと、つらいところです」

丘庵はいい医者なのである。町にああした医者がいてくれたら、この先もどれだけ多くの命を救えるだろう。

「そうか。のう、月浦。丘庵は、わしが捕まえてもよいか？」

と、愛坂は訊いた。

「愛坂さまが？」

「そなたの手柄にはならぬかもしれぬが」

「そんなことは構いません」

「よし。こっちの裁きなら、医者は命を助け、島送りにできるぞ。場合によっては、江戸にもどせるかもしれぬ」

「そうですか」

「では、久住を捕まえに行こう」

「いまからですか」

「ああ。ただ、久住はああ見えて腕の立つ男でな。素直に縄になどつかぬはずだ」

久住はひょろっとした身体つきで、大奥のお女中には好かれそうな男だった。

「というと?」

「斬り合いになるな」

「なんと」

「いつも、わしといっしょに動くやつが、腹を壊していてな。そなた、いっしょに来てくれ」

と、愛坂は立ち上がった。

「もう少し容疑を固めてからでもよろしいのでは?」

「愚図愚図《ぐずぐず》していたら、気が変わって、医者がやられるぞ」

「あ」

愛坂は評定所を出ると、急ぎ足で麴町の久住の屋敷へ向かう。お付きの者は愛坂家の中間が一人だけである。あとは、魚之進に麻次。

「これだけで足りるかな？」

魚之進は、歩きながらそっと麻次に訊いた。

「お屋敷に踏み込むんでしょう？　向こうの家来がいっしょに逆らうようなことになったら、おおごとですぜ」

「だよな」

この人は、相当、無鉄砲な気性なのではないかと、愛坂の背中を見ながらあとを追った。久住の屋敷に着くと、

「久住助五郎。目付の愛坂桃太郎だ。門を開けい！」

と、大声で怒鳴った。

門はなかなか開かない。愛坂はじれったくなったらしく、

「早く開けぬと、ここで罪状を喚くぞ！」

と、さらに怒鳴った。

ようやく門が開いた。見張っているときも顔を見ていた、従順そうな中間が、四人を門から玄関まで案内した。

玄関先には、久住助五郎がいた。

「お目付がなんの御用かな」

「ふん。御用なんて立派なもんじゃない。医者の坂本丘庵は吐いたよ。お前に渡された毒を大貫丹後に飲ませたことをな。大奥物資の横流しについても、いろいろあるが、まずはその詮議だ。神妙にいたせ」

愛坂がいっきにそこまで言うと、

「あーあっ」

久住は突如、奇矯な声を張り上げ、刀を抜いて飛びかかってきた。

その唐突な激昂《げっこう》ぶりに、魚之進は思わず、玄関から外へ逃げたほどだったが、愛坂はまるで動じることなく、刀を抜き放ち、横に払うと、久住は腹から胸にかけて斬り裂かれ、血しぶきを撒き散らしながら玄関の土間に倒れ込んだ。

なにごとかと奥から飛び出して来た若い侍に、

「久住助五郎は、乱心につき成敗した。なお、数々の罪状は明らかになっておる。屋敷の者は皆、おとなしく、沙汰《さた》があるまで蟄居《ちっきょ》いたせ」

と、愛坂は淀《よど》みなく言い放った。若い侍は抵抗することもなくひれ伏した。迫力負けというところだろう。愛坂はこうしたことに、よほど場数を踏んできているらしい。

それから愛坂は魚之進を見て、

「このなりゆきが、久住にとっても医者にとっても、いちばんよかっただろう」

ニンマリしながらそう言ったのだった。

第四話　侍包丁

一

「賑《にぎ》わってるなあ」

月浦魚之進は、深川の通りの混雑ぶりに、驚きの声をあげた。

「もうじき師走《しわす》ですからね」

相棒の麻次が言った。

「師走が近いとなんで賑わうんだい？」

「深川は、永代寺《えいたいじ》もあれば富岡《とみおか》八幡宮や、洲崎弁天社《すざきべんてんしゃ》など、お参りするところが多いでしょう。師走に向かって、願いごとが増えるんじゃないですかね」

「なるほどなあ」

そういえば、おのぶも富岡の八幡さまにお祈りに行きたいと言っていた。なにを祈りたいのかは言わないが、たぶん男にはわからない願いごとがあるのだろう。

永代寺の門前町から富岡八幡宮界隈を見て回っているうち、

「あ、ここか」

と、魚之進は、足を止めた。

潜《くぐ》り門の上に扁額《へんがく》のように店の名が書かれ、〈奇勝庵《きしようあん》〉とある。

「料亭ですか？」

麻次が訊いた。

「うん。ちょっと耳にして、気になっていたんだ。なんでも〈侍包丁《さむらいぼうちよう》〉という料理を売り物にしているらしいぜ」

「侍包丁？」

「そう。武士が包丁の代わりに刀で刺身を切り出すんだと」

「へえ」

門から玄関までは奥行きがあり、なかのようすは窺えない。ずいぶんと気取っていて、町方同心のような下級武士には縁のないところである。

ただ、その門のわきに、やはり料亭には縁がなさそうな武士が立っていた。歳のころは四十前後。髪は月代《さかやき》が伸びていて、身なりから見ても、おそらく浪人者、それもだいぶ鬱屈《うつくつ》が貯まっている。

なにやらぶつぶつ呟《つぶや》いていて、耳を澄ますと、

「なにが侍包丁だ。ふざけるな」

などと言っている。

どうも剣呑《けんのん》な雰囲気である。

「あいつ、気をつけたほうがいいぞ」

と、麻次に耳打ちした。

そこへ、なかから、たすき掛けをした武士が現われた。歳は二十二、三といったところだろう。短めの刀を一刀だけ差し、月代もきれいに剃って、洗いざらしの手ぬぐいみたいに、さっぱりとした顔立ちである。

「わたしになにか御用ですか？」

どうやら、門前の男が、呼び出したらしい。

「刀を包丁にするでない！」

男は、いきなり怒鳴った。

「え？」

あんたは誰？　という顔をした。

この男が侍包丁の当人らしい。

「きさまは、侍包丁などというのを売り物にしているらしいな？」

「それが？」

「それが、ではない。そなた、名はあるのか？」

「あるけど、あんたに名乗るいわれはないね」

「わしは、元村上藩士《むらかみはんし》、永井欽蔵《ながいきんぞう》と申す」

「あんたの名前なんか聞いてないよ。村上藩の殿さまの紹介というのは嘘かよ。じゃあ、わたしは忙しいので失礼させてもらう」

侍包丁の男は、まるで相手にしない。

踵を返してなかへもどろうとすると、

「待て！　きさま、それでも武士か？」

永井欽蔵は大声で怒鳴った。

周りにいた町人たちが、なにか始まりそうな気配を察し、たちまち輪をつくった。

恐怖が半分、期待半分といったところである。

「ああ、わたしは武士だよ」

侍包丁の男は、永井のほうに向き直って言った。

「刀は武士の魂だ。それを包丁などにするでない」

この感想は当然出てくるだろうとは、魚之進も思っていた。下手したら、百人の武士に訊いて、これをよしとするのは、一人いるか、いないかというくらいではないか。魚之進も、刀を包丁にするのはどうかと思う。

だが、侍包丁の男は、また、それかという顔で、

「別に刃物として使えるのだから、構わぬではないか。刀として使うべきときは、刀として使うさ」

と、自信たっぷりの口調で言った。

「ふざけるな。わしはそなたに決闘を申し込む」

「やめておけ」

侍包丁の男は、薄笑いを浮かべた。まったく臆していない。それどころか、どこか飄々とした感じさえする。

「いいから立ち合え」

永井欽蔵は刀に手をかけたまま、じりじりと前に進んだ。

侍包丁の男は、すぐ近くにいた魚之進を見て、

「これはこの男から仕掛けてきたことで、相手をするのもやむを得ないというのは見ていただけましたな？」

と、訊いてきた。

「見ていましたが、斬り合いなどは、お止めになったほうが」

と、魚之進は止めたが、

「いいから、やらせろ、やらせろ」

「永井、頑張れ」

などと、野次馬たちから無責任な声援が飛んだ。

これに押されたように、永井欽蔵は、サッと刀を抜き放ち、

「いざ、勝負！」

と、八相《はっそう》に構えて突進した。

すると、一瞬、遅れたが、侍包丁のほうも刀を抜くと、その速さで、一刀のもとに腹から胸へと斬り上げていた。

見事な剣捌きである。

永井欽蔵は血しぶきを撒き散らしながら、突っ伏した。

「なんてこった」

魚之進は頭を抱えた。

二

近くの番屋で、いま見た一部始終について、書付を残し、魚之進と麻次はようやく

解放された。これで、あの侍包丁の男は、罪に問われることもないだろうが、それにしても後味は悪い。

いったん奉行所にもどり、執務中だった奉行の筒井和泉守にざっと報告もした。

「侍包丁のことは小耳にはさんでいたが、それほど剣の腕も立つ男なのか」

と、筒井は意外そうな顔をした。

「目にも止まらぬ早業《はやわざ》でした」

「ほう。てっきり、剣の腕はたいしたことはないと思っていたがな」

「お奉行さまは、まだ召し上がってはおられないのですか？」

「うむ、まだだ。ちと、ためらわれるのでな」

「やはり、そうですか」

「だが、魔食会でも話題に上がるだろうな」

「もう、食した方もいらっしゃるかもしれませんね」

筒井の言葉で、魚之進は久留米藩の深海慶三郎を訪ねてみることにした。

久留米藩の下屋敷は、高輪の海沿い、現代だと品川駅の真ん前の高台あたりにある。

敷地全体が坂になっていて、上のほうに行けば、江戸湾全体が見渡せる風光明媚《めいび》なところである。

門番に名を告げると、ほどなくしてなかに通され、

「おお、ちょうどよいところに来た」

深海は庭のほうから手招きした。

わきには、おっとりした顔の町人がいる。

「いま、庭の四阿《あずまや》で茶を飲もうとしたところだった」

「お邪魔だったのでは？」

「大丈夫だ。こちらの御仁《ごじん》は初めてかな」

「ええ」

「戯作者の滝川牛石さんだよ」

「ああ、そうでしたか！」

食べものを題材にした戯作を多く書いている人で、『駄《だ》ら駄《だ》ら珍味紀行』というおかしな旅行記と、『包丁二刀流十番勝負』といううつづき物は読んだことがある。暇つぶしにはぴったりの本だが、そういうことは当人には言いにくい。

滝川牛石もそこはわかっているらしく、

「おっと、万が一、わたしの書いたのを読んでいても、感想はけっこうですぞ」

と、とぼけた顔で言った。

「牛石さん。こちらは、南町奉行所で味見方という役職についている月浦さんだ」

深海が魚之進を紹介してくれた。

「味見方？　それはまた、戯作の題材にもなりそうな、面白いお役目ですな」

「いやあ、面白い話もたまにありますが、ほとんどは地味な町回りですよ」

「そうですか。今度、じっくりお話を伺いたいものですな」

「いえいえ、とんでもない」

極秘にしなければならない話も多く、戯作になどされたら大変である。ここは適当にごまかすことにした。

池のなかの四阿に腰をかけ、すぐに女中が持ってきた茶をすすって、

「それより、今日はなんの用かな？」

と、深海は訊いた。

「じつは、深海さまが、侍包丁という料理をご存じかどうか、それをお訊きしたくて伺ったのです」

「ああ、侍包丁か。もう食べたよ。この滝川さんといっしょにな」

「そうでしたか！」

「侍包丁がどうかしたのか？」

「じつは……」

と、料亭の前で起きた斬り合いについて語った。

「斬り合いをな。まあ、腹を立てる気持ちはわからぬでもないが、あの料理をじっさいに見たら、決闘を申し込もうという気はなくなっただろうな」

「そうですか」

「まあ、見事なものだった。なあ、滝川さん」

「わたしは剣術のほうはさっぱりですが、それでもあの剣捌きの凄さには唖然とさせられましたよ」

と、滝川牛石もうなずいた。

「料亭の座敷でやるのですか？」

魚之進は訊いた。おそらく、実際にやるところを見る機会などないだろう。

「いや、中庭でやるのだ。それを、わしらは上の座敷から見物し、でき上がった刺身をいただくわけさ」

「魚はアンコウですか？」

「アンコウ?」

「吊るしておいて、斬るのでは?」

アンコウの吊るし切りなら、本田がやったのを見たことがある。

「違う、違う。あんな吊るし切りのようなものではないぞ。腰の高さくらいの台があり、そこにまな板が載っている。それで、わしらが見たのは、こんな大きなマグロだった」

と、深海は両手を目一杯に広げた。

「そんなに大きいマグロを斬るのですか?」

「もっと大きいのでやるときもあるらしいぞ。マグロがないときは、カツオでやるということだが、やはり侍包丁の醍醐味はマグロらしい」

「へえ」

「マグロを料亭の高級な料理にしてしまうというのも驚きでしょう」

と、滝川牛石が言った。

「ええ」

マグロは、釣るのに苦労するわりには、一般には低級な魚と思われている。

塩まぐろ取り巻いているかかあ達

という川柳があるが、長屋のおかみさんたちがこれをどう切り分けるか相談するような、その程度の魚なのである。

「そのマグロを、居合いで切るのだ」

と、深海は言った。

「一刀のもとに？」

あの永井欽蔵も一刀のもとに斬られて亡くなった。マグロのようにと思うのは、可哀そうだろう。

「いや、一刀だけでは、刺身は切り出せない。居合いで切るのは、マグロの皮だけだ。表面をすうっとな。それからマグロの向きを変えたりして、何度か刀を振るって、わずかばかりの刺身ができる」

「それを刀の先から、皿に盛り、仲居が持ってきたやつをただちにワサビと醬油をつけて食うのさ」

「うまいのですか？」

「うまかった。なあ、滝川さん」

「あんなうまい刺身を食ったのは初めてです。口のなかで、旨味《うまみ》のある脂がねっとりと溶けていきましてね。飲み込むのが勿体ないくらいでした」

滝川牛石は、涎《よだれ》が出そうな顔で言った。

「それで、滝川さんと、なぜ、侍包丁の刺身はあんなにうまいのか、考えてみたのさ」

深海がそう言うと、滝川は大きくうなずいた。

「まず、上がったばかりのマグロを、活きの良いまま切り出して、すぐに食するわけさ。大気に触れる間はほとんどない。まったくの生。その活きの良さがあるわな」

「なるほど」

魚之進は膝を打った。

「さらに、包丁で切れば、どうしたってかすかな鉄の臭いがうつる。だが、刀はそんな臭いはまったくない。完全に魚だけの味だ」

「ははあ」

「それに加えて……」

と、滝川が口を挟んだ。

「ふつう、われわれが食するマグロは、赤いところを切り出し、それを醬油に漬《つ》けておいたものでしょう？」

「はい。いわゆるヅケですね」

「そう。ところが、あの人が切り出したのは、下腹の真ん中あたりの、脂がたっぷりのったところです。あそこは、食べる人は少なく、行灯《あんどん》用の脂をしぼるか、犬だの猫の餌《えさ》にしているところですよ」

「そうですね」

「ところが、その脂がうまいのですよ」

「それはわたしも知ってました」

と、魚之進は言った。マグロのあそこを食べないなんて、ほんとに勿体ないと思う。

「そうですか。あたしは初めて知った。だから、下魚《げざかな》のマグロの、それもいままで見向きもされなかったところを切り出して、絶品の高級料理にしたわけです」

「それこそ、魔食だわな」

と、深海も大きくうなずいたのだった。

三

翌日――。

奉行所に入ると、すぐに本田に侍包丁の話をした。

「侍包丁ねえ」

本田は微妙な顔をした。

「お前だって、料理をするって意味では、侍包丁だよな」

「まあな。だが、おれは料理に刀は使わないし、そんなふうに大っぴらにはしていない。道楽でこそこそやっているだけだ」

「刀を使う気になるか？」

「いやあ、考えたこともなかったな。万が一、使わざるを得なくて使うときでも、せいぜい短刀だろう。そんなふうに長刀を振り回して包丁の代わりにするなんて、バチが当たる気がするよ」

「おいらもだ」

「だが、見てみたい気持ちはあるな」

「そうか」

「マグロの皮を居合いで削《そ》ぐのだろう。簡単ではないぞ」

「お前、やってみたらどうだ？」

魚之進はけしかけた。

「そうだな」

「マグロはどうする？」

「いま、鎌倉の沖あたりにマグロの大群が来ていて、いくらでも釣れてるんだ。だから、魚河岸にもどんどん入って来てるし、値も安くて驚いたよ」

江戸に入って来るマグロは、相模《さがみ》湾の沖のほうで、漁師が小舟で一本釣りをしたものが多いという。大物がかかると、力ずくの格闘みたいになって、釣り上げるのは大変らしい。ところが、せっかくそれを江戸に持って来ても、扱いは下魚並みである。

そのマグロが、大漁になっているという。

「安いっていくらだ？」

「これくらいのが……」

と、本田は両手で二尺五寸（約七十五センチ）ほどの長さを示し、

「百文《もん》（二千円）で叩き売りしていたよ」

「それは安いな」

「ありゃあ、刺身に下ろしても、百人前は取れるぞ」

「だろうな」

「吾作に買いに行ってもらうよ」

本田は俄然やる気になってきたらしい。


夜、本田の家に行くと、まな板の上に巨大なマグロが載っている。魚のようには見えない。鉄に漆でも塗ったみたいな見た目である。

「これがマグロかあ」

魚之進は、この前、クジラを目《ま》の当たりにしたが、それでもマグロは大きいと感心してしまう。黒光りして、風格が漂っている。背中に家紋が入っていても、不思議ではないかもしれない。

「凄いよな」

「触ってみろ。硬いから」

「ほんとだ。マグロって鱗《うろこ》はないのか？」

「いや、あるけど、一部を除いて皮のなかに隠れるみたいになってるんだ」

本田は、手のひらで表面を撫でながら言った。

「へえ。お前、こんなの捌くことできるのか？　力不足じゃないか？」

「なんだよ。けしかけといて、失敬なことを言うなよ」

「すまん、すまん」

「だが、確かにこれは、ふつうの包丁じゃ歯が立たないよな」

「だろうな」

「だから、刀を使ったのかもしれないな」

「そういうことか」

「それで、つらつら考えたが、おれは居合いでこの皮をスパッと切るなんてことはできそうもない」

本田は正直に言った。

「おいらも無理だよ」

二人の剣術の腕は、まあ、どっこいどっこいだろう。

「それで、刀を使うなら、とりあえずスパッと真っ二つにしたい」

「頭から尻尾まで縦に？」

「それは無理だ。胴斬りにするんだよ。胴を輪切りにして切り出しておけば、そのあとが楽だろうよ」

「なるほど」

「じゃあ、やるぞ」

「気をつけろよ」

と言って、魚之進は後ろに下がった。真剣を振り回すのは、斬り合いではなくても、やはり危険なのだ。

本田は上段に構え、狙いをつけ、

「てやぁ」

と、刀を振り下ろした。

だが、すっぱりとはいかない。半分から少し下で、刀は止まった。

「骨が硬いのか？」

魚之進は訊いた。

「というより、重い。脂のせいだろうな」

「引けないか？」

「こうだな」

引くとだいぶ切れたが、それでも、断ち切ってはいない。

「しょうがないい。こうするしかないな」

刀の峰に手を当て、身体の重みでようやく断ち切った。

マグロを二つに割るようにする。

「きれいな断面だなあ」

「ほんとだ」

背骨の周りのほうが赤く、外にいくほど薄桃色というか、白っぽくなっている。

「それで、下腹のほうの、この白っぽいあたりを切り出したんだろ」

「そう言ってたよ」

「よし、ここんとこだな」

ふだん食べる刺身の大きさに切って、わさび醤油《じょうゆ》をつけ、口に入れる。

「お、うまい」

と、本田は言った。

「ああ、うまい」

「魚河岸に入ったやつだから、侍包丁が使うものほど活きは良くないだろうが、それでもうまい」

「ああ。でも筋があるな」

口のなかに嚙み切れない糸状のものが、いつまでもある。

「うん。しかし、筋は吐き出せばいいだけだ」

「まあな」

と、それを口から出した。白くて、まさに糸である。こんなものがある魚はあまり食べたことがない。

「なるほどな」

と、本田は感心して、

「さて、これはとてもじゃないが、おれたちでは食い切れない。お前のところにも持っていけ」

「すまんな。でも、おのぶはたぶん、赤いところのほうが好きだから、すまんがそこらを切り取ってくれ」

「わかった。あとは、うちのあの女たちに、ヅケと、煮つけでもつくってやるか」

本田は、ひっくり返したりしながら、それでも、食べられるところを切り出していった。

四

翌朝――。

魚之進が奉行所に向かっていると、

「月浦さん」

すぐ耳元で声がした。

「おっ」

驚いて振り向くと、見覚えのある若い武士がいた。いつも中野石翁の傍にいる若い武士である。小柄だが、引き締まった顔と身体をしていて、武士というより忍びの者という感じがする。

「あなたは……」

「中野石翁のところの矢野弓之助《やのゆみのすけ》です」

「ああ、はい」

「御前が、月浦さまにお会いしたいと」

「ははあ。お急ぎですか？」

「急用がなければ、いまからでも」

「大丈夫です」

昼までにもどれば、とくに不都合はない。麻次は、適当に察して、自分でやることを見つけてくれるはずである。

「では、あちらの舟で」

日比谷《ひびや》河岸に小舟がつけてあり、船頭も待機していた。矢野はおそらく魚之進の役宅の前で出かけるところを見ていたのだろう。

大川の上は、陸よりは暖かい風が吹いている。しかも、舟のなかには暖を取れる小さな火鉢まで用意してくれていた。

――中野さまの用事はもしかして……。

魚之進は、侍包丁のことを考えた。いかにも、あの方が興味を示しそうな料理である。

寺島《てらじま》村の中野邸について、すぐに面会すると、

「月浦は、侍包丁を知っているか？」

と、訊かれた。

案の定だった。

「食べたことはありませんが、いま、方々で噂になっているため、だいたいのところはわかっておりますが」

「ぜひ、食してみたいのだ」

「わかりました。ですが、もう少々、お待ちください。まだ料亭駕籠の一件が解決しておりませんので」

あの黒幕を見つけないことには、中野にはあまり出歩いてもらいたくない。

だが、中野石翁は、断固たる口調で、

「いや、一刻も早くだ。わしはその侍包丁を味わわなければならぬのだ」

と、言った。

「どういうことでしょう？」

魚之進の問いに、中野は一瞬、羞恥《しゅうち》の表情を走らせ、

「わしの恥を話すことになるのだがな、いまから二十年ほど前、女中見習いとして屋敷に入った娘に手をつけてしまった」

「ははあ」

あまり自慢できる話ではないかもしれないが、たぶんお旗本あたりには、珍しいことではないのだろう。

「しかも、その娘は身籠ってしまった。わしは、産まれるであろう子どもも屋敷で育て、その娘も側室として面倒を見る所存だった」

「そうでしたか」

「ところが、その娘は裕福とは言えぬ八百屋の娘だったので、そんな身分の者を屋敷に入れるのはまかりならぬと、わしの正妻と先に入った側室が猛反対をしてな」

「ははあ」

「あまりの反対の凄まじさに、わしも折れてしまった」

「それは……」

「わしも、無慈悲に放り出したわけではないぞ。それなりの金子《きんす》を与え、しっかり育ててくれと頼んで、屋敷から出て行かせた」

「……」

なんとなく見えてきた。

「しかも、その後も家臣を通して、連絡は取りつづけた。産まれたのは男の子で、すくすくと育ってくれた。母親となった娘は、あなたは武士の子だと言い聞かせつつ、剣術なども習わせながら、育てたようだ」

「……」

「剣術も筋がよかったらしく、めきめき上達したそうだ。ところが、その子は武士よりも板前になりたいと言い出したそうじゃ」

「…………」

「しかも、刀を包丁代わりに使うことで、新しい料理が生まれると話していたという」

「それが侍包丁ですか？」

「侍包丁の話を聞いたとき、そう思ったのさ。すぐに確かめようとしたが、その母親が二年前に急病で亡くなり、音信が途絶えてしまっていた。しかも、あいだに入っていた家臣もすでに亡くなり、わからずにいる」

「そうですか」

「二十年も前のことで、わしもいつしか、忘れてしまっていた。申し訳ないことをしたという思いもあってな」

「お名前は？」

「幼名は音松《おとまつ》といったらしいが、元服後は別の名になっているだろうな」

「母君さまのお名は？」

「おまつといった」

「ははあ」

江戸に数百人はいるだろう。

「八百屋は、この近所ですか？」

魚之進はさらに訊いた。少しでも手がかりが欲しい。

「川向こうから来ていたらしいが、すぐに出入りはなくなり、その後のこともわからぬ」

「そうですか」

ほとんどつながりは断たれているのだ。

「だから、わしはなんとしてもその侍包丁を味わう必要があるのさ。わしのほうで手配することもできるが、そなたには料亭駕籠の件でも迷惑をかけたし、勝手なことはやめておこうと思ってな」

「畏れ入ります」

「では、手配はしてくれるな？」

「いたしますが、その前に、わたしのほうで、本物かどうか調べてみます。少しだけ、猶予をいただければ」

「わかった。では、頼んだぞ」

大変なことを頼まれてしまった。

五

魚之進は、奉行所にもどると、まずは奉行の筒井に報告した。

「そうか。中野さまにはそうした事情がおありだったか」

「だが、おいらは不安なのです。嫌な予感がします」

「贋者《にせもの》かもしれぬと思うのか？」

「はい。こんなときに、計ったように生き別れになっていたご子息が現われたというのは、なにか気になってしまいます」

「なるほどな」

「よしんばほんとのご子息だとしても、料亭駕籠の背後にいた者が関わっているような気がするのです。これは、勘なのですが」

「いかにも中野さまを引き寄せそうな話だしな」

「はい」

「まずは、その侍包丁の遣い手の背後を探るか？」

「そうします」

「面倒なことがあれば、わしの名を出してくれてかまわぬぞ」

「助かります」

魚之進は礼を言って、引き下がった。

それから、魚之進を待っていた麻次とともに、深川の奇勝庵を訪ねた。

身分を告げて、あるじに面会し、

「ここで侍包丁を披露している武士について訊きたいのだが」

と、単刀直入に用件を伝えた。

「なにか、不都合でも？」

あるじは、眉根に皺《しわ》を寄せた。料亭のあるじより、火消しの棟梁《とうりょう》のほうが似合う、ドスの利いた顔をした五十がらみの男である。

「不都合なことになるかもしれぬので訊いているんだ」

「弱りましたな」

「なにが？」

「その方は、名は言いたくないとおっしゃってますので」

「なぜ、名乗りたくないんだい？」

「さあ、そのわけも聞いておりませんので」

「なあ、あるじ。おいらは、この件では奉行の筒井和泉守さまの特命で動いているんだぜ。おいらの頼みを断われば、お奉行の頼みを断わったことになるんだ」

脅すのは好きでもないし、得意でもないが、そういう口調になったのだろう。

「そ、それは……」

あるじは急におどおどし出した。

「しかも、武士に板前をさせておけば、もしかしたらお奉行は評定所における会議の議題として取り上げるかもしれないんだ。そのとき、不届きなこととなれば、あんたもいっしょにお咎《とが》めを受ける羽目になるのは覚悟しておきなよ」

「それは勘弁してください」

「では、名前は？」

「わたしが話したことは秘密にしていただけませんか？」

「ああ、約束するよ」

「中井《なかい》陣太郎《じんたろう》さまとおっしゃいます」

「幕臣かい？」

「いえ」

「どこか他藩の藩士かなにかで？」

「ご浪人と伺ってますが」

「浪人か……」

そうつぶやいて、魚之進は後ろに座った麻次を見た。

麻次は黙ってうなずいた。

浪人なら、当人の矜持《きょうじ》はともかく、扱いは町方の取り締まりの範囲になるのだ。もっとも、浪人でなければ、侍包丁などということはやれるはずがない。

「住まいは？」

「うちに住み込んでもらっています」

となると、身辺を洗うのも難しい。

「ここで侍包丁をやることになったきっかけは？」

魚之進はさらに訊いた。

「それが、ご自身で売り込んで来られたのです」

「自分で？」

「ええ。それで、あたしがその侍包丁を拝見し、非常に感心しまして、わたしどもの店で鍛え上げた腕をご披露いただくことにしたのです」

「あんたのとこじゃ、浪人者がなにか売り込みに来たら、面白ければ、なんだってやらせるんだな？」

「滅相もない。なにせお侍が刀を振るって料理をするのですから、しっかりした後見人がいてもらわないと困るとは申し上げました」

「後見人はいたのか？」

「お得意さまに話をしますと、そういうことならと引き受けてくださった方がいらっしゃいまして……」

「その人は？」

「それはご勘弁くださいまし」

「あのな。おいらは、南町奉行の……」

「わかりました。それもぜったい、わたしの口から出たことは秘密にしていただけますでしょうか？」

「約束するよ。金打《きんちょう》」

そう言って、魚之進は刀の鯉口を切って、カチッと鳴らした。武士の固い約束である。

「その方は、お旗本の森川《もりかわの》能登守《とのかみ》さまでです」

と、あるじは観念したように言った。

「ここにはよく来られるのかい？」

「はい。うちの料理を気に入っていただいています」

「お役目は？」

「かつては中奥の御小姓をしていらっしゃいましたが、いまは無役になっているはずです」

「よく言ってくれた。協力してくれたことは、お奉行にもちゃんと伝えておくよ」

「ありがとうございます」

と、あるじはようやくホッとした顔をした。


「森川能登守は気になるな」

奇勝庵を出て、魚之進は麻次に言った。

「そうですか」

「鶴亀楼に行ってみようか？」

「鶴亀楼というと、薬研堀《やげんぼり》の？」

「そう。料亭駕籠のところだよ。もしかしたら、あそこと関わっているかもしれないぜ」

「ははあ」

ということで、二人は両国橋西詰の薬研堀へ向かった。

鶴亀楼の前に来ると、ちょうど駕籠が二つ、もどって来たところだった。降りたのは初老の武士と、芸者らしい女である。どうやら、料亭駕籠はまだつづけているらしい。

あるじを呼んで、

「料亭駕籠はまだやってるんだ？」

「そうなんですよ」

「あんなことがあっても、客はあるのかい？」

「むしろ、申し込みは増えているほどです」

「発案した板前の庄吉は亡くなっただろうが」

「そうなのですが、料理自体はうちでも充分につくれるものでしたし」

江戸っ子には、思いつきを盗んだというふうな考えはない。真似することにはなんの抵抗もないのだ。

「物好きな人は多いんだな」

「ほとんどの人は、ご自分が暗殺されるかもしれないなどとは思っていないでしょうから、不安を感じることはないのでしょう。なので、物見高い人は、喜んでご利用になるようです」

「なるほどな」

「今日もそのことで？」

あるじは不安げに訊いた。

「こちらにお旗本の森川能登守さまという方は、来ているかい？」

「森川能登守さま？　ああ。一時期、よくお見えになってました」

「やっぱり」

魚之進は麻次を見た。

麻次も大きくうなずいた。

「料亭駕籠には乗ったかい？」

「ええと、確か始めたばかりのころに、お乗りになったはずです」

「始めたばかりのころにな」

とすると、道順などもわかっていたはずである。

「でも、最近は、あまりお見えになりませんよ」

「古いなじみなのかい？」

「そうですね。かなりの美食家で、ずいぶんいろんな料亭の味を、ご存じのようでした」

「舌も肥えていたわけか？」

「そうですね。ただ、京風ですとか、昔からの味などをお好みで、今風と言いますか、変わった料理はあまりお好きではなかったみたいです」

「なるほどな」

とすると、魔食会などには、入るつもりはないだろう。

六

翌日――。

料亭駕籠の鶴亀楼と、侍包丁の奇勝庵の両方に客として顔を出していた森川能登守のことを訊くため、魚之進は寺島村の中野石翁の屋敷を訪ねた。

中野は屋敷のすぐ前を流れる大川に釣り糸を垂らしていて、のんびりしているのかと思いきや、傍らには陳情にやって来たらしい武士が、取られた餌の付け替え役を買って出ているらしかった。

「お、月浦ではないか。どうした？」

中野は竿《さお》をわきにいた武士に押しつけ、魚之進が控えた縁側のほうへやって来た。

「じつは、お旗本の森川能登守さまのことをお聞きしたくて伺いました」

「森川能登守？　元中奥《なかおく》御小姓《こしょう》の？」

「はい。ご存じでしょうか？」

「存じておる。森川がどうかしたかの？」

中野石翁の表情に、微妙な鋭さが現われている。

「料亭駕籠には、始めたばかりにお乗りになって、最近はあまりいらっしゃってないということです。また、侍包丁の遣い手は、中井陣太郎という人なのですが……」

「中井陣太郎と申すのか？」

と言って、中野石翁は魚之進の後ろに控えていた矢野弓之助を見た。

「それは知りませんでした。申し訳ありません」

詫びる矢野に、

「そちが怠慢なわけではない」

と、中野はかばった。

「ええ。浪人者ですし、いまは奇勝庵のなかに住んでいるそうですので」

と、魚之進も助け舟を出した。

「それで？」

中野が訊いた。

「森川能登守さまが、中井陣太郎の後見人になられているそうです」

「ふうむ」

中野は遠くを見るような目をした。

「どのようなお方なので？」

「かつてはずいぶん上さまの信頼を得ていたが、数年前になんとなく遠ざけられるようになり、去年だったか、役目を辞したはずだな」

「かなりの美食家だったと聞きましたが」

「そうじゃな。ただ、あまり突飛な料理は好まなかったみたいだ。上さまが、珍奇な料理にもご興味を示すと、それはお止めくださいと進言していたとも聞いたな」

「そんなふうだと、中野さまとはご意見が分かれたのでは？」

「そうかもな。だが、わしは直接、話したことはないぞ」

「そうなので？」

「少なくとも、わしに直接、なにか言ってきたことはない」

「だが、陰では……」

「陰口もとくに耳には入ってないな」

「お人柄はまったく存じ上げないので？」

「一、二度、挨拶くらいはした。あまり覚えておらぬが、おとなしい男で、内に籠もる性質《たち》のようだったな」

「そういう人こそ……」

危ないのである。あちこちで悪口を言って回るような人は、それでずいぶん発散しているが、誰にも言わず、恨みつらみを胸のうちに貯め込んでいる人のほうが怖い。

「森川さまのことがはっきりするまで、侍包丁をお試しになるのは、もう少しお待ちください」

「なるだけ早く頼むぞ」

と、中野石翁は言った。いまだ対面できていないわが子のことが、気になってたまらないのだろう。

七

今日の月浦家の晩飯は、湯豆腐で、そのあと、うどんを入れてすすった。寒さが厳しくなっていて、鍋ものは身体が温まる。

黙々と食べる魚之進に、

「ねえ、なんか悩んでる？」

と、おのぶが訊いた。

「うん。悩んでる」

魚之進は正直に答えた。じつは、おのぶに訊いて欲しかった気がする。だらしないかもしれないが、近ごろ、おのぶの助言をずいぶん頼りにしているのだ。

「なあに？」

「マグロのことなんだけど……」

「この前、持って来てくれたやつ？」

「あれは、仕事がらみで本田に捌いてもらったんだよ。じつはね……」

と、侍包丁と、中野石翁の息子のこともざっと語って聞かせた。

「ふうん。中野さまのことは、あたしには調べようがないけど、その侍包丁というのは、ほんとにおいしいのかしらね」

おのぶは首をかしげた。

「食べた人はおいしかったと言ってたよ」

「あたしは、剣術で騙《だま》されている気がするなあ」

おのぶは、薙刀と柔術の達人だが、もしかしたら剣術に対して張り合う気持ちがあるのではないか。

「なんでそんなことを言うんだい?」

「活きがいいからうまいというんでしょ?」

「そりゃあ、魚だから、活きがいいほうがうまいだろ」

「でもね、マグロって、釣れてすぐの活きのいいやつより、身を切り出して、ちょっと寝かせたもののほうがおいしいって、訊いたことがあるよ」

「なんだ、それ?」

「もちろん腐らせちゃ駄目だよ。でも、醬油や塩に漬けて寝かせるわけ。そうすると、旨味が増してくるんだって」

「誰に聞いたんだ?」

「京都にいるとき、魚屋に聞いたの。大坂のマグロより内陸にある京都のマグロのほうがうまいのは、寝かせるからだって」

「へえ」

おのぶは、京都に絵の勉強に行ったはずなのに、ずいぶんいろんなことを学んできたものだと感心してしまう。

「となると、マグロ漁師に話を訊いてみたいな」

「いま、魚河岸にマグロがどんどん揚がってきてるよ」

「知ってたのか？」

「最近、ときどき魚河岸をのぞきに行ってるんだよ」

「そうか。じゃあ、おいらも明日、早く起きて魚市場に行ってみるか」

「あたしもいっしょに行っていい？」

「まあ、来たければ来てもいいけど」

と言ったが、じつはいっしょに行って欲しい。料理のことは、魚之進よりおのぶのほうが、詳しく訊くことができるはずである。

翌朝――。

夜が明けるとすぐくらいに、二人は日本橋の魚河岸を訪ねた。

相変わらず、魚河岸は大変な混雑と活況ぶりである。農作物や穀物の場合、冬になると市場はなんとなく人の出入りは少なくなるが、魚河岸は一年中、賑わいが絶えるときがない。旬の魚は変わっても、海は次々に恵みをもたらしてくれる。つくづく海というのは、たいしたものだと感心してしまう。

「マグロを取り扱っているのはどこだろう？」

魚之進がきょろきょろすると、

「あっちだよ、魚之進さん」

奥のほうを指差し、混雑した狭い道をどんどん奥に入って行く。おのぶはすでに魚河岸の全体図が頭に入っているらしい。

奥のほうに来ると、魚を焼く匂いがしている。

「そこだよ、魚之進さん」

どうやら、もうマグロの解体や取引は終わったらしく、数人の男たちが七輪《しちりん》を囲んでいる。酒も飲んでいるらしい。

七輪で焼かれていたのは、巨大な魚の頭だった。

「それは、もしかしてマグロの頭？」

と、おのぶが訊いた。

「ああ。これがうまいんだ。うまいのも知らずに、放っていくところを、おれたちはいただくってわけさ」

「ほんとにおいしそうね」

「この頬っぺたのうまいこと。ちっと、食ってみますかい？」

「ぜひ」

と、おのぶは手のひらに受けて口にすると、

「あら、おいしい。塩加減も上手。こうして食べると、刺身よりおいしいんじゃないの」

「どれどれ」

魚之進も一切れもらって食べてみた。

「なるほど」

焦《こ》げて、さらに旨味を増している気がする。

「もしかして、並べて焼いているのは？」

と、おのぶが頭の周りに並べたものを指差して訊いた。

「ああ、マグロの皮だよ」

「皮も食べられるのね？」

「当たり前ですよ。ぐつぐつ煮るともっと柔らかくなるが、あっしらは面倒なので、こうして焼いてますけどね」

おのぶは、これももらって口に入れた。

「あら、マグロだわ。ほら、魚之進さん」

「ほんとだ」

皮もちゃんとマグロの味がする。

ほかにも内臓を切り出して、味噌で煮込んだり、いろんな食べ方があるらしい。

「ところで、マグロの刺身ですが、活きが良いのはあまりおいしくないと聞いたんですけどね？」

おのぶは、七輪のわきにしゃがみ込み、男たちを見回して訊いた。

「ああ、マグロの活きの良いのは駄目でさあ」

この店のあるじらしき男が答えると、漁師らしい真っ黒に日焼けした男たちがうなずいた。

「やっぱり」

「釣り上げたばかりは、身体がコチコチに硬くなっちまうんです。だから、切り出したあとで、しばらく寝かせるんですよ。塩をまぶしたり、醤油に漬けたりして、腐らない程度にね。それで三、四日すると、旨味が出てきますよ」

「脂身のところはどうです？」

「同じですよ。だいたい、脂身のところは、筋が多いんでね。その筋が堅くて駄目です」

「それも寝かせると？」

「筋が溶けて柔らかくなるんです。そうなると、筋も気にならなくなりますぜ」

「活きのいいマグロを、刀でスパッ、スパッと切って食べさせる料理があるんだけど、それをおいしいって言う人もいるみたいなの」

「そりゃあ、気のせいでしょう」

「やっぱり、そうよね」

おのぶは、ほらねという顔で魚之進を見た。

「刀振り回されて、びっくりして、味もわからなくなるんじゃねえですか」

店のあるじがそう言うと、

「そうだ、そうだ」

と、漁師たちは笑った。

魚之進とおのぶは、店のあるじや漁師たちからたっぷりマグロ談議を訊いたあと、魚河岸の喧騒《けんそう》を出て、日本橋を渡った。

それでも、ここは江戸の目抜き通りで、大勢の人が行き来している。

「付き合ってくれてありがとうな。じゃあ、おいらは奉行所に行くぜ」

魚之進はおのぶに言った。

「待って、魚之進さん。侍包丁の料理は、マグロをいちばんおいしく食べる料理法ではないとわかったけど、それは本来の調べに関わってくるの？」

「そりゃあ、そうさ」

「あたしにはわかんないよ」

「だって、もしかしたら、侍包丁は中野さまを暗殺するために仕掛けたことで、マグロをうまく食べさせるより、刀で中野さまを斬りつけるためかもしれないだろ」

「ほんとだ」

「しかも、侍包丁の料理がうまいと思わせられてしまうことで、中野さまに油断が生まれるかもしれないよ」

「なるほど！」

「真実を見つけるには、周囲の嘘臭いものを取り除いてみる必要があるのさ」

「凄い！　やっぱり、魚之進さんは凄いよ」

「おだてるな」

そう言いながらも、だらしない笑みが出てきそうで、魚之進は慌てて踵を返したのだった。

八

奉行所に着くと、魚之進は前の広場でほかの岡っ引きたちといっしょに待機していた麻次に、

「頼みがあるんだ」

と、声をかけた。

「なんなりと」

「あの、料亭駕籠のときに、曲者が潜んだ家だけどな」

「ああ、隅田川沿いの」

「あそこの持ち主をなんとか調べてもらえないかな。もし、森川能登守がからんでいたら、確実な証拠になるはずなんだ」

「わかりました」

麻次はすぐにいなくなった。

それからいったん奉行所のなかに入ろうとすると、

「月浦。どうだ、調べの進み具合は？」

と、奉行の筒井から声をかけられた。

「はい。じつは……」

旗本の森川能登守の名が浮かび上がったことを伝えた。

「ほう。森川能登守がな」

「お奉行の名を出させていただいたおかげです。森川さまのことはご存じで？」

「うむ。昔、仕事で何度か関わったことがある」

「いままで、なにか問題を起こしたことは？」

「ないはずだな」

「そうですか」

「無口な男だよ」

「中野さまも、そうおっしゃってました」

「だが、中野さまのご子息かもしれない中井陣太郎は、板前になりたいと思うほどの若者だよな。そんな若者を言いくるめて、美食を好む中野石翁さまを暗殺させることはできるのかな。中井が、美食だの魔食だのを憎んでいるならかんたんだよな。お前の父は、お前を捨てたうえに、美食三昧のだらしない暮らしを送っていると告げれば、憎しみを募らせることもあるかもしれないがな」

「ははあ」

いかにも裁きを下す役目の、町奉行らしい考え方である。

「だが、中井はうまいものをつくるため、剣をふるうのだ。父親の考えと、それほど矛盾しないのではないか」

「確かに」

「なんと、言いくるめたのだろうな」

「でも、憎んでいる人が美食を好めば、お前に味がわかるかとなるかもしれません」

「なるほど」

「とくに、身内となると、愛憎が裏表ってこともあるでしょうし」

「それもあり得るな」

「しかも、中井が贋者ということもあり得ると思います」

「贋者だと？」

「はい。森川さまが、中井陣太郎という息子の噂を聞き、いかにも中野さまが興味を持ちそうな、侍包丁の話をでっち上げたかもしれません。じっさい、侍包丁の料理法は、マグロのいちばんおいしい料理法ではないみたいです」

「ううむ。それはまずいな」

と、筒井はうなずき、

「早く森川を押さえられるとよいのだがな」

「証拠が見つかり次第、お奉行にご報告します」

この日の昼過ぎである。

麻次が息を切らしてやって来ると、

「旦那。あっしはついてましたよ」

「なにか、わかったのか?」

「ええ。今日、見に行ったら、あの家に新しい住人がいましてね。お武家さまではなく、蔵前《くらまえ》の札差《ふださし》が隠居家として買ったんだそうです」

「誰から?」

「それが、前の持ち主はお旗本の森川能登守さまだったと」

「やっぱり！」

「となると、あのとき中野さまを殺害しようとしたのは……」

「森川能登守だ」

侍包丁の企みが明らかにできなくても、料亭駕籠の一件で森川能登守を追い詰めることができるはずである。

「どうします？」

「もちろん、お旗本に町方は手出しできない。お奉行から、お目付筋に報告してもらう」

すぐに、筒井和泉守に報告すると、

「となると、そなたから目付の愛坂どのに相談するがいい。そなたのことをずいぶん気に入っているみたいだったぞ」

「愛坂さまのお屋敷に行けばいいので？」

「いまはおそらく評定所のほうにいるだろう」

「わかりました」

魚之進は、急いで道三河岸の前にある評定所に向かった。

「ほう。そこまでつながったか」

魚之進の報告に、愛坂桃太郎は感心したように言った。

「はい。ただ、完璧な証拠とは言い難いでしょうが」

「いや、そこまでつながるなら、大丈夫だ。じっくり問い詰めていけば、必ず尻尾を出すさ。月浦。いまから森川家に行ってみよう」

「わかりました」

愛坂桃太郎が、どうやって落とすのかを見てみたい。この老練の目付からは、多くを学ぶことができそうである。

愛坂は、家来を一人連れただけである。それに、魚之進と麻次が従った。

森川の屋敷は、駿河台の中腹にあった。

家禄は四千石ほどだそうで、二千坪はありそうな広大な屋敷である。

門のところで、愛坂は門番に、

「わしは目付の愛坂桃太郎と申す者。料亭駕籠のことでいろいろお訊ねしたいことがあると伝えよ」

と、告げた。

「少々、お待ちを」

門番は慌てて母屋に駆けて行った。

だが、なかなかもどって来ない。

愛坂は、門の隙間から、なかをのぞき込んで、

「遅いな」

「まさか、逃亡したなどということは？」

「ならば、追いかけるまでのこと。われら目付の探索から、逃げ切れるものではない」

と、愛坂は余裕たっぷりで言った。

そのとき、母屋から若い侍が門のところに駆けて来た。

「お目付の愛坂さまで？」

「さよう」

「たったいま、殿が腹を召されました」

「なにっ」

これには愛坂も驚愕したようだった。

九

「森川が自害した？」

魚之進の報告に、中野石翁は目を瞠《みは》った。

「はい。お目付の愛坂さまから、料亭駕籠の件で来たと伝えられ、もはやこれまでと観念したみたいです」

「なるほど」

「いま、愛坂さまが森川家の家来たちを尋問なさっていますが、ぽつぽつと証拠も出てきているそうです」

「やはり、狙いはわしか？」

「はい。上さまから遠ざけられたのは、中野さまのせいと恨んでいたようです」

「ふむ。それは大いなる誤解だわな」

「御意《ぎょい》」

魚之進はうなずいた。いままで、中野石翁を見てきて、この人はわざわざ同僚を陥れたりする人ではないと、確信している。

「だが、これで黒幕はいなくなったというわけか」

「おそらく」

「ならば、もう安心だ。侍包丁を食いに行こうではないか」

「いまからですか？」

「わしは待ちくたびれたのだ」

「ですが、中井陣太郎という人物が、本当に中野さまのご子息なのかはまだ確認できておりませんし」

「いや、たぶん間違いない。じつは矢野にも見に行かせた。どことなく、顔立ちにわしの面影があるらしい」

中野がそう言うと、矢野も魚之進を見てうなずいた。

「しかし……」

たとえ実子であっても、恨みを宿しているかもしれないのだ。森川がなにを言って、中井の後見人となったかもまだわかっていないのである。

「月浦。父親が息子に斬られるなら、それは自業自得というものだ」

「はっ」

「止めるでないっ」

もはやどうしようもないだろう。

「わかりました。では、侍包丁を味わう前に、マグロ漁師が言うところの、いちばんうまいマグロを味わっていただきたいのですが」

おのぶが言ったように、侍包丁の見かけに騙されて欲しくない。それを見極めることは、中井陣太郎が本物の息子なのか、迂闊に騙されないことにつながるはずなのだ。

「ほう。どこで食べる？」

「料亭に準備しておきます。侍包丁の料理を味わう前に召し上がっていただき、味を比べていただけたらと存じます」

「わかった。では、手配は頼んだぞ」


そして、当日――。

中井陣太郎は、奇勝庵の中庭に現われた。

それを見下ろす座敷には、中野石翁のほかに、矢野ともう一人の若い家来、それと魚之進も同席させてもらった。

魚之進はともかく、中野家の二人の家来は相当に腕も立つだろうから、万が一のときも、中井に斬りつけられることは避けられるだろう。

中井は、白装束にたすき掛け。中野に向かって深々とお辞儀をした。

見上げた顔にはこの前の飄々とした感じはまったく窺えない。今日の客は中野石翁と告げられているはずで、おそらく緊張のためだろう、この前、見かけたときより、顔色が青ざめて見える。改めて見ると、確かに鼻の線や、顎のかたちなど、中野石翁によく似ている。実子ということにまちがいはないだろう。

「とあっ」

中井は抜刀し、黒光りするマグロの、ヒレと皮を切って飛ばした。

さらに、マグロの向きを変え、何度か突いたり、切ったりを繰り返した。

その刀の先で、店の女将――今日はとくに女将が給仕をするらしい――が持った皿に盛りつけると、

「まずは一口、お召し上がりください」

下腹の脂身のところである。

最初に、中野石翁がわさび醬油で食した。

「なるほど」

つづいて、魚之進たちもお相伴に与かる。

中井は黙って、中野の言葉を待っている。いままでの客は、ここで絶賛していたのだろう。だから、侍包丁の客は、引きも切らないのだ。

だが、中野石翁は、

「うまいが、これはマグロをうまく食わせるための料理法ではないな」

と、告げた。

「と、おっしゃいますと？」

中井の顔はいっそう青ざめている。

「これは受け売りだが、マグロの脂身がいちばんうまいところは、そなたが切り出したところより、もっと頭に近いあたりだそうだ」

中野石翁には、先ほど魚之進が準備しておいたマグロの脂身のヅケを食べてもらい、魚河岸で聞いた蘊蓄《うんちく》も伝えておいたのだ。

「そうなので」

「しかも、ここを切り出してすぐでは、筋が多い。筋は丁寧に切って取り除くか、あるいは寝かせることによって、筋を溶かしてしまうかなのだ」

「なんと」

中井の顔に敗北感が広がるのがわかった。

「これでは、見世物だ」

と、中野石翁は言った。

「見世物……」

中井陣太郎の目が光った。

中野の言い方はきつ過ぎるのではないか。

魚之進はハラハラしてしまう。

「うまいと思う者は、むしろそなたの剣技に感嘆したのだ。それで、味覚まで騙されてしまったのだ」

「畏れ入りました」

中井は膝をついた。刀はわきに避《よ》けてある。

「じつは、わたしもそうではないかと思うこともありました」

「そうなのか？」

「ですが、これまでの客があまりにも褒めてくださったので、わたしも本物の味を見失ったかもしれません」

「よくぞ認めたな」

「お詫びいたします」

「なんの。だが、そなたの剣の腕は本物だ」

「ありがとうございます」

一瞬、間を置いて、

「音松」

と、中野石翁は言った。

「いまは中井陣太郎を名乗っております」

「そうだったな。その刀は、わしがそなたの母に与えたものだな」

「お気づきでしたか」

「うむ」

「大事にしてきたものです」

「苦労をかけたな」

と、中野は言った。声音《こわね》に、情愛と謝罪の念がにじみ出た。

「いえ、さほどでも」

中井陣太郎は微笑《ほほえ》んだ。もはや、青ざめてもいないし、父を恨む顔でもない。魚之進は、このやりとりに胸が熱くなった。

森川能登守は、この中井陣太郎の存在を知り、父を恨んでいるに違いないと見込んで、暗殺の手先として利用しようとしたのではないか。それで、どんなことを吹き込み、どんなふうにけしかけたのか、詳しくは中井に訊かなければわからないだろう。だが、中井には父を討つなどという気は毛頭なかったのだ。ただ、もしかしたら父に、自分の考案した料理と、刀の腕前を披露できるかもしれないと、期待をふくらましたに違いない。

しかし、褒め言葉をもらうことはできなかった。それは、魚之進がもっとうまいマグロ料理を教えたことに起因すると思うと、申し訳ない気がしてしまう。

「陣太郎。わが屋敷に入れ」

と、中野石翁は言った。

「え」

中井は目を瞠った。

「それだけの剣の腕を持っていたら、浪人として生きていくのには逆に持て余すぞ。武士として、当家に入れ」

「よろしいのですか？」

中井は不思議そうに訊いた。たぶん、母からは正妻や側室から受けた仕打ちについても聞いていたに違いない。

「かまわぬ。いまは、反対する者もおらぬ。ただ、家臣扱いにはなるぞ」

「ありがとうございます」

中井に屈託はない。

魚之進は、胸を撫で下ろした。どうやら、中野石翁暗殺計画のいっさいが、収まるべきところに収まったようだった。

本書は、講談社文庫のために書き下ろされました。

|著者| 風野真知雄　1951年生まれ。'93年「黒牛と妖怪」で第17回歴史文学賞を受賞してデビュー。主な著書には『わるじい慈剣帖』(双葉文庫)、『姫は、三十一』(角川文庫)、『大名やくざ』(幻冬舎時代小説文庫)、『占い同心 鬼堂民斎』(祥伝社文庫) などの文庫書き下ろしシリーズのほか、『卜伝飄々』(文春文庫) などがある。『妻は、くノ一』は市川染五郎の主演でテレビドラマ化され人気を博した。2015年、「耳袋秘帖」シリーズ (文春文庫) で第4回歴史時代作家クラブシリーズ賞を、『沙羅沙羅越え』(KADOKAWA) で第21回中山義秀文学賞を受賞した。「この時代小説がすごい！　2016年版」(宝島社) では文庫書き下ろし部門作家別ランキング1位。絶大な実力と人気の時代小説家。本作は「隠密篇」「潜入篇」に続く「味見方同心」シリーズの第3弾。

魔食《ましょく》 味見方同心《あじみかたどうしん》(二)　料亭《りょうてい》駕籠《かご》は江戸《えど》の駅弁《えきべん》

風野真知雄《かぜのまちお》

講談社文庫

定価はカバーに
表示してあります

2024年6月14日第1刷発行

発行者――森田浩章
発行所――株式会社　講談社
東京都文京区音羽2-12-21　〒112-8001
電話　出版 (03) 5395-3510
　　　販売 (03) 5395-5817
　　　業務 (03) 5395-3615

KODANSHA

デザイン―菊地信義
本文データ制作―講談社デジタル製作
印刷―――株式会社KPSプロダクツ
製本―――株式会社国宝社

Printed in Japan

ISBN978-4-06-535692-0

講談社文庫刊行の辞

二十一世紀の到来を目睫に望みながら、われわれはいま、人類史上かつて例を見ない巨大な転換期をむかえようとしている。

世界も、日本も、激動の予兆に対する期待とおののきを内に蔵して、未知の時代に歩み入ろうとしている。このときにあたり、創業の人野間清治の「ナショナル・エデュケイター」への志を現代に甦らせようと意図して、われわれはここに古今の文芸作品はいうまでもなく、ひろく人文・社会・自然の諸科学から東西の名著を網羅する、新しい綜合文庫の発刊を決意した。

激動の転換期はまた断絶の時代である。われわれは戦後二十五年間の出版文化のありかたへの深い反省をこめて、この断絶の時代にあえて人間的な持続を求めようとする。いたずらに浮薄な商業主義のあだ花を追い求めることなく、長期にわたって良書に生命をあたえようとつとめるところにしか、今後の出版文化の真の繁栄はあり得ないと信じるからである。

同時にわれわれはこの綜合文庫の刊行を通じて、人文・社会・自然の諸科学が、結局人間の学にほかならないことを立証しようと願っている。かつて知識とは、「汝自身を知る」ことにつきていた。現代社会の瑣末な情報の氾濫のなかから、力強い知識の源泉を掘り起し、技術文明のただなかに、生きた人間の姿を復活させること。それこそわれわれの切なる希求である。

われわれは権威に盲従せず、俗流に媚びることなく、渾然一体となって日本の「草の根」をかたちづくる若く新しい世代の人々に、心をこめてこの新しい綜合文庫をおくり届けたい。それは知識の泉であるとともに感受性のふるさとであり、もっとも有機的に組織され、社会に開かれた万人のための大学をめざしている。大方の支援と協力を衷心より切望してやまない。

一九七一年七月

野間省一

講談社文庫 最新刊

東野圭吾　仮面山荘殺人事件　新装版
若き日の東野圭吾による最高傑作。八人の男女が集う山荘に、逃亡中の銀行強盗が侵入する。

五十嵐律人　原因において自由な物語
人気作家・二《に》階堂《かいどう》紡季《つむぎ》には秘密があった。『法廷遊戯』著者による、驚愕のミステリー！

神永　学　心霊探偵八雲1　完全版
〈赤い瞳は知っている〉
死者の魂が見える大学生・斉藤八雲の日々が蘇る。一文たりとも残らない全面改稿完全版！

風野真知雄　魔食　味見方同心(二)
〈料亭駕籠《かご》は江戸の駅弁〉
駕籠に乗った旗本が暗殺されるという事件が起こった。またしても「魔食会」と関係が!?

桜木紫乃　氷の轍
海岸で発見された遺体の捜査にあたる大門《だいもん》真由《まゆ》。孤独な老人の最後の恋心に自らを重ねる――。

舞城王太郎　短篇七芒星
「ろくでもない人間がいる。お前である」作家・舞城王太郎の真骨頂が宿る七つの短篇。

藤本ひとみ　死にふさわしい罪
平家落人《おちうど》伝説の地に住むマンガ家と気象予報士の姪。姪の夫が失踪した事件の謎に挑む！

講談社文芸文庫

中上健次
異族
共同体に潜むうめきを路地の神話に書き続けた中上が新しい跳躍を目指しながら未完のまま封印された最期の長篇。出自の異なる屈強な異族たち、匂い立つサーガ。
解説=渡邊英理
なA9
978-4-06-535808-5

石川桂郎
妻の温泉
石田波郷門下の俳人にして、小説の師は横光利一。元理髪師でもある謎多き作家が、「巧みな嘘」を操り読者を翻弄する。直木賞候補にもなった知られざる傑作短篇集。
解説=富岡幸一郎
いAC1
978-4-06-535531-2

講談社文庫　目録

講談社文庫　目録

岸本英夫　死を見つめる心〈ガンとたたかった十年間〉
北方謙三　試みの地平線〈伝説復活編〉
北方謙三　抱　影
菊地秀行　魔界医師メフィスト〈怪屋敷〉
桐野夏生　新装版 顔に降りかかる雨
桐野夏生　新装版 天使に見捨てられた夜
桐野夏生　新装版 ローズガーデン
桐野夏生　ＯＵＴ(上)(下)
桐野夏生　ダーク(上)(下)
桐野夏生　猿の見る夢
京極夏彦　文庫版 姑獲鳥《うぶめ》の夏
京極夏彦　文庫版 魍魎《もうりょう》の匣《はこ》
京極夏彦　文庫版 狂骨《きょうこつ》の夢《ゆめ》
京極夏彦　文庫版 鉄鼠《てっそ》の檻《おり》
京極夏彦　文庫版 絡新婦《じょろうぐも》の理《ことわり》
京極夏彦　文庫版 塗仏《ぬりぼとけ》の宴《うたげ》—宴の支度
京極夏彦　文庫版 塗仏の宴—宴の始末
京極夏彦　文庫版 百鬼夜行—陰
京極夏彦　文庫版 百器徒然袋—雨

京極夏彦　文庫版 百器徒然袋—風
京極夏彦　文庫版 今昔続百鬼—雲
京極夏彦　文庫版 陰摩羅鬼《おんもらき》の瑕《きず》
京極夏彦　文庫版 邪魅《じゃみ》の雫
京極夏彦　文庫版 今昔百鬼拾遺—月
京極夏彦　文庫版 死ねばいいのに
京極夏彦　文庫版 ルー=ガルー〈忌避すべき狼〉
京極夏彦　文庫版 ルー=ガルー2〈インクブス×スクブス 相容れぬ夢魔〉
京極夏彦　文庫版 地獄の楽しみ方
京極夏彦　分冊文庫版 姑獲鳥《うぶめ》の夏(上)(下)
京極夏彦　分冊文庫版 魍魎《もうりょう》の匣《はこ》(上)(中)(下)
京極夏彦　分冊文庫版 狂骨《きょうこつ》の夢《ゆめ》(上)(中)(下)
京極夏彦　分冊文庫版 鉄鼠《てっそ》の檻《おり》 全四巻
京極夏彦　分冊文庫版 絡新婦《じょろうぐも》の理《ことわり》 全四巻
京極夏彦　分冊文庫版 塗仏《ぬりぼとけ》の宴《うたげ》 宴の支度《したく》(上)(中)(下)
京極夏彦　分冊文庫版 塗仏《ぬりぼとけ》の宴《うたげ》 宴の始末《しまつ》(上)(中)(下)
京極夏彦　分冊文庫版 陰摩羅鬼《おんもらき》の瑕《きず》(上)(中)(下)
京極夏彦　分冊文庫版 邪魅《じゃみ》の雫(上)(中)(下)
京極夏彦　分冊文庫版 ルー=ガルー〈忌避すべき狼〉(上)(下)

京極夏彦　分冊文庫版 ルー=ガルー2〈インクブス×スクブス 相容れぬ夢魔〉(上)(下)
北森　鴻　親不孝通りラプソディー
北森　鴻　花の下にて春死なむ〈香菜里屋シリーズ1〈新装版〉〉
北森　鴻　桜　宵〈香菜里屋シリーズ2〈新装版〉〉
北森　鴻　螢　坂〈香菜里屋シリーズ3〈新装版〉〉
北森　鴻　香菜里屋を知っていますか〈香菜里屋シリーズ4〈新装版〉〉
北村　薫　盤上の敵〈新装版〉
木内一裕　藁の楯
木内一裕　水の中の犬
木内一裕　アウト&アウト
木内一裕　キ ッ ド
木内一裕　デッドボール
木内一裕　神様の贈り物
木内一裕　喧嘩猿
木内一裕　バードドッグ
木内一裕　不愉快犯
木内一裕　嘘ですけど、なにか?
木内一裕　ドッググレース
木内一裕　飛べないカラス

講談社文庫　目録

決戦！シリーズ　風　雲〈戦国アンソロジー〉
小峰　元　アルキメデスは手を汚さない
今野　敏　ST 警視庁科学特捜班 エピソード1〈新装版〉
今野　敏　ST 警視庁科学特捜班 毒物殺人〈新装版〉
今野　敏　ST 警視庁科学特捜班〈黒いモスクワ〉
今野　敏　ST 警視庁科学特捜班〈青の調査ファイル〉
今野　敏　ST 警視庁科学特捜班〈赤の調査ファイル〉
今野　敏　ST 警視庁科学特捜班〈黄の調査ファイル〉
今野　敏　ST 警視庁科学特捜班〈緑の調査ファイル〉
今野　敏　ST 警視庁科学特捜班〈黒の調査ファイル〉
今野　敏　ST 為朝伝説殺人ファイル〈警視庁科学特捜班〉
今野　敏　ST 桃太郎伝説殺人ファイル〈警視庁科学特捜班〉
今野　敏　ST 沖ノ島伝説殺人ファイル〈警視庁科学特捜班〉
今野　敏　ST 化合 エピソード0〈警視庁科学特捜班〉
今野　敏　ST プロフェッション〈警視庁科学特捜班〉
今野　敏　特殊防諜班 諜報潜入
今野　敏　特殊防諜班 聖域炎上
今野　敏　特殊防諜班 最終特命
今野　敏　茶室殺人伝説
今野　敏　奏者水滸伝 白の暗殺教団
今野　敏　同　期
今野　敏　欠　落
今野　敏　変　幻
今野　敏　警視庁ＦＣ
今野　敏　カットバック 警視庁ＦＣII
今野　敏　継続捜査ゼミ
今野　敏　エムエス〈継続捜査ゼミ2〉
今野　敏　蓬　莱〈新装版〉
今野　敏　イ　コ　ン〈新装版〉
今野　敏　天を測る
後藤正治　拗《す》ね者たらん〈本田靖春 人と作品〉
幸田　文　崩　れ
幸田　文　季節のかたみ
幸田　文　台所のおと〈新装版〉
小池真理子　冬の伽藍
小池真理子　夏の吐息
小池真理子　千日のマリア
五味太郎　大人問題
鴻上尚史　あなたの魅力を演出するちょっとしたヒント
鴻上尚史　鴻上尚史の俳優入門
鴻上尚史　青空に飛ぶ
小泉武夫　納豆の快楽
近藤史人　藤田嗣治「異邦人」の生涯
小前　亮　趙《ちょう》匡《きょう》胤《いん》〈宋の太祖〉
小前　亮　始皇帝の永遠〈天下一統〉
小前　亮　劉《りゅう》裕《ゆう》〈豪剣の皇帝〉
小前　亮　ヌ　ル　ハ　チ〈朔北の将星〉
香月日輪　妖怪アパートの幽雅な日常①
香月日輪　妖怪アパートの幽雅な日常②
香月日輪　妖怪アパートの幽雅な日常③
香月日輪　妖怪アパートの幽雅な日常④
香月日輪　妖怪アパートの幽雅な日常⑤
香月日輪　妖怪アパートの幽雅な日常⑥
香月日輪　妖怪アパートの幽雅な日常⑦
香月日輪　妖怪アパートの幽雅な日常⑧
香月日輪　妖怪アパートの幽雅な日常⑨
香月日輪　妖怪アパートの幽雅な日常⑩

2024年3月15日現在